붉은 모래를 박차다

붉은 모래를 박차다

이시하라 넨 지음
박정임 옮김

페이퍼로드
paperroad

1

미란도폴리스에는 밤 열 시가 넘어야 도착한다고 했다.

낮 열두 시 반에 버스를 타서 다섯 시간 이상을 왔는데
도 겨우 절반 넘게 온 거라는 말에 현기증이 일었다.

상파울루 시내부터 노로에스테 철도*를 따라 서쪽으로
달리는 장거리 버스는 낮과 밤에 각각 한 번씩 운행하는
데, 교통 정체가 없는 야간버스가 빠르지만 그래도 아홉 시
간은 걸린다고 한다. 그런데도 같은 상파울루 주라고 하니
놀랍다. 어렸을 때부터 반고리관이 약해서 차멀미가 심했
던 탓에 소풍이나 이동수업 때에는 늘 교사 옆 맨 앞자리

---

*   Noroeste line

에 앉았다. 초등학교 4학년 때 버스로 네 시간 가까이 걸리는 야쓰가타케산으로 캠핑 갔을 때는 편도에만 네 번을 토했다. 그 계산대로라면 미란도폴리스에 도착할 때까지 열번은 구토한다는 것이 된다. 사십 대 중반이 되고 보니 그렇게까지 멀미가 심하지는 않지만 어렸을 때의 강박관념이 남아서 반사적으로 그런 계산을 하게 된다.

상파울루 공항에 도착한 것은 어제저녁이었다. 지구 반대편에 있는 일본에서 오려면 두바이 경유로 서른 시간 가까이 비행기를 타야 한다. 게다가 공항에 내려 택시를 탔는데 운전사의 운전이 난폭해서 커브를 돌 때마다 몸이 쏠렸고 제대로 정비되지 않은 도로에서는 널뛰듯 몸이 튀어 올랐다. 덕분에 택시를 타는 내내 창문 위 손잡이를 힘껏 잡아야 했고 호텔에 도착했을 때는 기진맥진한 상태였다.

그다음 날이 바로 이 버스 안이다. 버스에서 책을 읽으면 금세 멀미가 나니까 아홉 시간이 걸리든 열 시간이 걸리든 무조건 자야겠다고 결심했었다. 잠이 오지 않을 때를 대비해서 수면제도 챙겼지만, 다행히 피로에 시차증까지 더해져 자도 자도 졸렸다.

"이제 곧 두 번째 휴게소야"

옆자리에서 메이코 씨가 알려주었다. 고속도로를 빠져나

와 시가지로 들어섰는지 버스는 속도를 늦추고 차체를 좌우로 천천히 흔들고 있었다. 커튼을 살짝 젖히자 해 저문 하늘이 보인다. 마지막 빛이 아직 희미하게 남아있다.

"잘 잤어?"

내가 멍하니 있자 메이코 씨가 말을 건다.

"응." 그렇게 대답은 했지만 아직 잠이 덜 깨서 여전히 멍한 상태였다.

메이코 씨는 우리가 지금 가고 있는 고즈키 농장에서 나고 자랐다. 스무 살에 결혼해서 일본으로 이주한 지 이미 40년 이상이 흘렀으니 일본에서의 생활이 더 길다. 그래도 귀성 때마다 이 버스를 타서인지 익숙한 모양이다.

"화장실에 다녀오는 게 좋을 거야. 이게 마지막 휴게소거든."

"응, 그럴게."

화장실에 가고 싶은 마음은 없었지만 몸을 펴고 싶었다. 버스 안에는 겨울인데도 냉방 장치를 켜두어서 몸이 얼어붙었다. 겨울이라고 해도 일본과는 달리 맑은 날의 낮 시간에는 티셔츠 한 장으로 지낼 수 있다. 하지만 아침저녁으로는 기온이 급격하게 떨어지는 데다가 잠을 자고 있으면 체온이 내려가서 오히려 더 춥게 느껴진다.

브라질의 칠월은 추워. 남쪽 나라에는 난방이라는 개념도 없고. 구월이면 꽃이 흐드러지게 피어 참 예쁠 텐데.

메이코 씨가 그렇게 말했는데도 내 일정 때문에 이 시기로 정했다. 춥다고 했다가는 '그거 봐, 내가 뭐랬어?'라는 핀잔을 들을 것 같아서 아무 말도 못 하고 그저 가만히 추위를 견뎌내고 있었다.

버스가 형광등이 켜진 주차장으로 들어가 커다란 건물 벽 앞에 멈춰 서자 나는 의자 등받이를 조금 세운 후 가방을 팔에 걸었다. 휴게소에서 귀중품을 자리에 두고 내리면 안 된다는 말을 귀에 못이 박히도록 들었다.

버스 엔진이 꺼지고 유압식 문이 열린다. 메이코 씨는 나를 남겨두고 재빨리 버스에서 내렸다. 나도 서둘러 안전띠를 풀고 담요 대신 덮고 있던 점퍼를 집어 들고 버스에서 내렸다. 밖은 이미 완전히 밤이었다.

브라질에 가고 싶다고 한 이는 내가 아니라 엄마였다.

메이코 씨와 친구였던 이도 엄마였다.

20년 전, 한밤중에 술에 취한 엄마가 화실 콘크리트 바닥에 넘어져 골절상을 입었고, 그런 엄마의 간병을 위해 친구가 소개해 준 이가 메이코 씨였다. 처음에는 골절이 치료될 때까지로 얘기했지만, 어쩌다 보니 그 이후에도 일주일에 한 번은 엄마 집에 와서 밥을 해주기도 하고 마당의 잡초를 뽑아주기도 하고 데생 모델을 해준다고 엄마에게 들었다.

엄마가 메이코 씨의 탄탄한 골격을 크로키 북에 그리는 동안 메이코 씨는 브라질에 있었던 때의 이야기를 자주 해주었다고 한다.

제2차 세계대전에서 일본이 이겼다고 믿는 가치구미* 아저씨가 농장 근처에 살았던 이야기. 메이코 씨는 모친의 심부름으로 그 집에 종종 과자를 들고 갔었는데 그냥 평범하고 친절한 아저씨였다고 한다. 어렸을 때 인근 농장에서 일본계 여자아이가 살해되었던 이야기. 메이코 씨와 학교에서 얘기를 나눈 적도 있는 아이였다고 한다. 그때 같은 농장에서 일하던 브라질 노동자가 행방을 감추자 그가 범인이 틀림없다며 동네 남자들이 한밤중까지 숲속을 뒤지고 다녔다는 그런 이야기들. 그리고 이야기 중에는 일본에서 겪은 불만도 섞여있었다고 한다. 걸핏하면 '당신은 브라질 사람이니까.'라는 소리를 듣는다며 메이코 씨는 입술을 깨

---

* 승리자 집단이라는 뜻. 종전 당시 남미 지역의 일본인 이민자 사회에서는 일본이 승전했다고 믿는 사람들이 많았는데 이들을 일컬어 가치구미라고 불렀다.

물었고, '당신이 나보다 훨씬 일본인 같아.'라고 엄마가 말하면 기쁜 듯 웃었다고. 그리고 메이코 씨는 언젠가 엄마를 브라질에 데려가고 싶다고 말했다.

엄마 역시 브라질에 가서 브라질의 대지에 선 메이코 씨를 그려보고 싶다며 브라질 여행을 기대했다.

하지만 결국 엄마는 브라질에 가지 못했다.

자신의 작품 활동을 하는 한편 미술대학에서 유화를 가르치던 엄마는 좀처럼 제대로 된 휴가를 내지 못했고, 메이코 씨도 메이코 씨대로 여러 가지 집안 사정이 있어서 일본을 떠날 수 없는 상황이 이어졌다. 그렇게 여행 계획이 계속 미뤄지는 동안 엄마의 건강 상태가 나빠졌고 2년 전 정월에 폐에 커다란 암이 발견되면서 여행은 생각할 수도 없는 처지가 되어버렸다.

"기요코 씨가 지카에게 대신 그려달라고 하라고 했어."

메이코 씨가 처음 그 말을 꺼냈을 때는 터무니없는 소리라며 웃어넘겼다.

엄마가 돌아가시고 반년이 지났을 즈음인가, 지인의 가게를 빌려 엄마의 추모전을 열었다. 그 전야에 엄마가 생전에 도움을 받았던 사람들을 초대해서 모처럼 조촐한 파티

10

를 열었고, 메이코 씨가 요리를 담당해 주었던 것이다.

메이코 씨의 말에, 거나하게 취한 사람들은 좋은 생각이라며 무책임하게 부추겼다.

"난 그림 같은 거 못 그려." 나는 무뚝뚝하게 대답한다.

어렸을 때는 엄마의 화구를 빌려 자주 유화를 그리곤 했지만, 언제부터인가 그림의 세계에 거리를 두게 되었다. 대학을 졸업한 후에는 작은 출판사에서 일하다가 지금은 프리랜서로 글을 쓰고 있다.

"그건 알지만…." 메이코 씨의 목소리가 어두워지자 나는 당황해서 말을 이었다.

"브라질에는 가보고 싶어."

"그래? 나도 내년이나 내후년쯤 다녀올까 하는데. 같이 안 갈래?"

메이코 씨가 갑자기 눈을 반짝여서 그만 웃어버린다.

"난 좋은데, 남편 혼자 둬도 괜찮아?"

메이코 씨의 남편 마사나오 씨는 최근 몇 년 동안 돌봄이 필요한 상태였다. 술이 원인인데도 여전히 술을 마신다고 한다. 메이코 씨는 쓸데없는 소리 하지 말라는 듯 입술을 삐죽이 내밀고는 "어떻게든 될 거야." 하고 중얼거렸다.

"이제 그 사람을 위해 참는 건 그만두기로 했어."

작지만 단호한 목소리였다.

엄마의 1주기가 지나고 초목이 움트기 시작할 무렵. 일주일 정도 오사카에서 업무를 본 후 도쿄로 돌아와 메이코 씨에게 기념 선물을 주고 싶다고 하자 오랜만에 집으로 와주었다. 브라질 여행까지는 석 달 조금 더 남아있었다. 점심 대용으로 근처 빵집에서 사 온 샌드위치를 나눠 먹고 있을 때였다. 갑자기 메이코 씨가 나지막한 목소리로 말했다.

"사실, 그 사람 죽었어."

그 말을 듣고 나서야 메이코 씨의 얼굴이 조금 부어있고 눈가도 붉게 물들어있다는 사실을 깨달았다. 너무 놀라서 말이 나오지 않았다. 건강이 안 좋다고는 했지만 그렇게 갑자기 세상을 떠날 줄이야.

"전화할까 했는데, 오사카에서 일하고 있는 사람을 부르기가 미안해서."

울음 섞인 목소리로 메이코 씨가 말했다.

마사나오 씨는 술에 취한 채 욕조에 들어갔다가 그대로 사망했다고 한다.

밤이 되고 마사나오 씨가 사망한 시각이 가까워지면 집에 있을 수가 없어서 밖으로 뛰쳐나갔다고 한다. 그리고 목적지도 없이 전철을 타고 종점까지 갔다가 되돌아오는, 그

12

런 하루하루를 보냈다.

"여행, 어떻게 할까?" 나는 조심스럽게 물었다.

올해 들어 메이코 씨는 일본으로 귀화할 결심을 했고 브라질에 가서 필요한 서류를 준비해올 생각이었다. 메이코 씨는 "귀화 신청은 나중에 해도 되지만," 하고는 잠시 말을 멈춘 후 "이런 일이 있으니까 더 고향에 가고 싶어." 하고 조그맣게 말했다.

그때 나는 여행하는 동안 마사나오 씨에 대한 추억담을 얼마든지 들어주겠다고 결심했다.

엄마가 돌아가신 후 메이코 씨가 내게 그렇게 해주었듯이.

화장실에서 나와 버스로 돌아오는 동안에도 반고리관이 흔들려서 몸이 휘청거렸다. 휴게소에서 간단한 식사나 간식거리를 팔고 있었지만, 첫 번째 휴게소에서 먹었던 샌드위치가 아직 가슴 언저리에 얹혀있어서 전혀 식욕이 일지 않았다. 주차장으로 돌아오자 버스 앞에 놓인 벤치에서 메이코 씨가 스트레칭을 하고 있었다. 고즈키 농장의 아이들은 모두 농사일을 하는 한편 발레나 피아노를 배우게 되어 있다. 특히 발레 실력은 수준이 높아서 매년 크리스마스가 되면 브라질 곳곳에서 공연을 보기 위해 사람들이 모여들

정도였다고 한다. 메이코 씨도 어렸을 때 발레를 배웠을 것이다. 간단한 동작인데도 폼이 난다. 한동안 그 낭창낭창한 동작을 멍하니 바라보다가 메이코 씨 옆에 서서 뻣뻣한 양손을 머리 위로 올려 깍지를 낀 후 팔을 쭉 뻗었다.

버스에 타니 맨 앞의 노약자 보호석에서 여섯 분의 할머니들이 활기차게 담소 중이었다. 상파울루 터미널에서 버스를 탄 순간부터 거의 대화가 끊이지 않는다. 포르투갈어라서 대화 내용은 전혀 알 수 없었지만, 그 몸짓과 손짓에서 할머니들의 고양감이 전해져 꽤 재미있다.

"정말 끊임없이 떠드시네."

메이코 씨는 좌석에 앉아 안전띠를 매며 기가 찬다는 듯웃었다.

동감의 의미로 나도 따라 웃었다. 메이코 씨는 대화 내용을 알지도 모르지만, 굳이 통역까지 시키기는 미안해서 무슨 이야기를 하는지 묻지 않았다.

그 대신 메이코 씨에 대해서 물었다.

"메이코 씨가 산을 떠날 때도 이렇게 버스를 탔어?"

고즈키 농장 사람들은 자신들의 농장을 산이라고 불렀다. 맨 처음 얻은 토지가 경사지였는데 삼각형의 작은 산처럼 보였기 때문이라고 한다.

"그때는 큰오빠가 살던 린스까지 승용차로 가서 거기에서부터 버스를 탔던 것 같아. 상파울루에 도착했는데 좀처럼 비자가 안 나와서 한 달 정도 발이 묶여있었어. 무척 고생했지."

휴게소에서 산 막대 모양의 스낵 과자를 천천히 입으로 가져가면서 메이코 씨가 대답했다.

"먹을래?" 하며 내게도 과자를 내민다. 받아서 입에 넣었다. 소박하게 소금으로만 맛을 낸 과자는 희미하게 단맛이 돌았다.

"산에서 결혼식이나 송별회 같은 건 안 했어?"

"아무것도 없었어. 그때는 산을 떠나는 것 자체가 금지였으니까."

"그래도 젊은 사람들은 떠나지 않았어?"

"그러니까 고즈키 씨가 돌아가신 후로는 줄줄이 떠났지."

자신이 산에 있을 때는 탈출한 사람들을 다시 데려와 남녀 불문하고 피투성이가 되도록 때렸다고, 메이코 씨가 힘주어 말했다. 그래서 메이코 씨의 부친과 결혼 상대인 마사나오 씨가 고즈키 씨를 설득해서 일본에 갈 수 있게 된 것은 기적과 같았다고 한다.

메이코 씨의 집에서 보았던 사진을 떠올렸다. 누레진 오래된 사진.

어느 신사의 대기실이었을까. 좁은 다다미방에서 순백의 옷을 입은 메이코 씨가 굳은 표정으로 정면을 노려보고 있다. 얼굴에 온통 하얀 분이 칠해져 있어서 생김새는 잘 알 수 없지만 동그란 얼굴에 커다란 눈은 지금이랑 변함없다. 마사나오 씨의 모습은 없었다. 메이코 씨 뒤에서는 구로토메소데*를 입은 여성이 젊은 여성의 이로토메소데**의 매무새를 만져주고 있다. 두 사람 모두 얼굴색이 하얗고 째진 눈매가 무척이나 닮았다. 마사나오 씨의 모친인 사치코 씨와 누나인 나오코 씨라고 메이코 씨가 가르쳐주었다.

두 번째 사진에는 이로우치카케***를 입은 메이코 씨가 신사 경내를 걷고 있는 사진. 몬쓰키하카마**** 차림의 마사나오 씨는 펌을 한 긴 머리에 작고 동그란 안경을 쓰고 있어서 존 레논이 떠오른다. 피로연에서 찍은 웨딩드레스 사진도 있었다.

"인형 옷 갈아입히기 하는 것 같았어. 영문도 모르는 내

---

* 검은색 바탕에 문양을 넣은 전통 예복. 결혼식 때 양가 모친이 입는다.

** 검은색 이외의 바탕색으로 만든 전통 예복

*** 결혼식 때 신부가 입는 화려한 문양의 기모노

**** 가문家紋을 넣은 예복

게 계속해서 옷을 갈아입히는데. 마음에 드는 드레스도 고르지 못했어."

메이코 씨는 사진을 보며 불만스럽게 말했지만, 아직 스무 살이었던 당시의 메이코 씨가 어떻게 느꼈는지는 모른다. 메이코 씨 측 친척은 우연히 일본에 업무를 보러 와있던 언니의 남편 한 명뿐이었다고 한다.

창밖에 눈길을 준다.

버스가 천천히 움직이기 시작했다. 푸른색 가로등에 비친 번화한 거리가 창밖으로 흘러간다.

노약자석의 할머니가 한층 요란한 웃음을 터트린다.

더없이 즐거워 보인다.

할머니들을 응시한 채 메이코 씨가 말한다.

"뭔가 신기해. 이렇게 지카 씨와 여행을 하고 있다니."

확실히 엄마가 아프기 전에는 이런 식으로 메이코 씨와 여행하게 될 줄은 상상도 하지 못했다. 메이코 씨는 어디까지나 엄마의 친구라고 여겼을 뿐 두 사람의 대화에도 딱히 흥미가 없었다. 그래서 가끔 얼굴을 마주쳐도 가볍게 인사만 하고 재빨리 내 방으로 들어갔었다.

하지만 메이코 씨는 엄마가 자신의 병을 알린 몇 안 되는 친구 중 한 명이었고 내가 의지할 수 있는 유일한 사람이었다. 가까이 사는 친척과는 관혼상제가 있을 때 외에는 만나지 않는 사이여서 엄마도 당신의 병을 알리려고 하지 않았고 나도 그들에게 도움을 요청하고 싶은 마음이 들지 않았다. 그러다 보니 자연스럽게 나와 메이코 씨는 가까워졌다.

엄마에게 암이 의심되어 2년 전 새해 벽두에 국립병원에 입원해서 내시경검사를 받았다. 그런데 다음날부터 오르기 시작한 열이 퇴원 후에도 내리지 않았고, 검사 결과를 들으러 갔을 때 폐렴 진단을 받았다. 의사도 초조했을 것이다. 암의 종류나 단계에 대한 설명은 거의 없이, 이미 수술을 할 수 없는 단계이니 항암제 치료를 해야 한다고 빠르게 전했을 뿐이었다. 수술이 불가능하다는 것은 사전에 전해 받은 양전자 단층 촬영 검사 결과로 이미 알고 있었다. 그보다 우선 열에 시달리는 엄마를 어떻게든 해줬으면 했다. 하지만 암 치료에서 화학요법에 뛰어난 의사가 있는 다른 병원을 소개받기로 했다고 말하자, 그렇다면 폐렴 치료도 그쪽 병원에서 받으라고 했다. 다른 병원의 예약은 일주일 후라고 하소연했지만 폐렴 치료만 할 수는 없다고 한다. 어쩔 수 없이 일주일 동안은 자주 다니던 동네 병원에서 매일 항생제 점적 주사를 맞으며 집에서 폐렴 치료를 하게 되었다.

그날은 아침부터 눈이 내렸다. 국립병원 로비에서 정산을 하고 엄마를 그대로 벤치에서 기다리게 한 후 약국으로 향했다. 축축한 눈이 지면에 쌓이고 있었다. 약국까지는 겨우 5분 정도였지만 역 앞이라 사람이 많았고 눈 때문에 바닥이 미끄러워 실제보다 멀게 느껴진다. 우산이 부딪치지 않도록 좌우로 피하면서, 만약 내가 없었다면 엄마가 직접 여기까지 와야 한다고 생각하니 부아가 치밀었다.

처방전을 약국 창구에 제출한 후 기다리는 동안 메이코 씨에게 전화했다.

절망적인 검사 결과와 일주일 동안 집에서 폐렴 치료를 하게 되었다는 말을 전하고 싶었다. 엄마 앞에서 그 이야기를 다시 꺼내기 싫어서 병원에 돌아가기 전에 이야기해 두고 싶기도 했고, 무엇보다 누군가와 불안을 공유하고 싶었다.

메이코 씨가 전화를 받았다.

평상시처럼 밝은 목소리에 안도한 순간 뒤에서 누군가가 어깨를 두드렸다.

"여기서 통화하시면 안 됩니다."

돌아보니 분홍색 유니폼을 입은 여자 사무원이 서 있었다. 얼굴이 확 뜨거워졌고 서둘러 밖으로 나갔다. 눈발이

19

뺨에 달라붙었다. 약 조제가 끝나서 자신을 부를지도 모른다는 초조감과 수치심으로 목소리가 딱딱해졌다.

"폐렴만으로는 입원할 수 없대. 새 병원에서도 진찰을 받지 않은 상태로 갑자기 입원할 수는 없다나봐. …다음 주목요일. 어쩔 수 없지. 그게 제일 빠른 거래. 여하튼 다음주에 진찰을 받고 그때까지 폐렴이 낫지 않으면 응급입원을 하게 되는 건가 봐."

그런 식으로밖에 말하지 못한 자신이 어린애 같다고 생각한다. 그럼에도 메이코 씨는 내 이야기를 묵묵히 들어주었다.

그날 이후 나는 메이코 씨를 상대로 엄마 이야기를 계속해왔던 듯하다.

엄마가 돌아가시고 두 달 정도 지난 어느 봄날, 신문 전단 속에서 예전에 살았던 맨션의 내부 공개회를 알리는 전단을 발견했다.

전체적으로 내부 리모델링을 했지만 외관은 그리 달라지지 않았을 것이다. 그렇게 생각하자 어떻게 해서든 가보고싶었다. 그 맨션은 큰 길가에 있지만 뒤쪽으로 커다란 정원이 붙어있어서 초봄이 되면 새잎이 무척이나 예뻤다.

그날 우연히 집에 왔던 메이코 씨를 졸라서 맨션까지 가

보았다.

"예전에 이곳에 살았던 사람인데요, 잠깐 봐도 될까요?"

아직 학생처럼 보이는 직원은 의아한 표정으로 우리를 보았지만 그래도 별말 없이 들여보내 주었다. 다른 손님이 없어서 한가했는지도 모른다. 안으로 들어가자 망설임 없이 베란다로 나갔다. 그곳은 우리가 살던 집보다 위층이었지만 그때보다 정원의 나무들도 자라서 같은 높이로 느껴진다. 날이 무척 맑은 오후였다. 정원 가득한 나무들이 태양을 향해 가지를 뻗고 있다. 밝은 황록색 잎 사이로 짙은 초록색 잎이 흔들린다. 연해 보이는 흰색 잎도 있고 살짝 붉은 기가 감도는 잎도 있다. 똑같이 새잎이라고 해도 색상이 이렇게 다양하다는 사실을 나는 이곳에서 처음 알았다.

"우와, 전망이 좋네. 저기는 신주쿠?"

멀리로 보이는 고층 빌딩 숲을 가리키며 메이코 씨가 물었다.

"응, 맞아. 눈이 내린 후나 공기가 깨끗할 때는 후지산도 보여."

메이코 씨가 다시 '우와' 하고 탄성을 지른 후 크게 숨을 들이마셨다.

나도 똑같이 숨을 들이마셨다.

"그때가 그립네. 우리가 살 때는 여기에 나무 데크를 깔았었어. 한 번은 있지, 그 데크 위를 걷는데 발바닥이 따끔한 거야. 그래서 발을 들어보니까 발바닥 가운데에 벌이 매달려있었어. 무서워서 떼어내지도 못하고 발을 디딜 수도 없어서 이 난간에 매달려서 '엄마, 엄마' 하고 소리를 지르고. 난리도 아니었어."

내가 지난 일을 떠올리며 웃자 메이코 씨도 따라 웃는다.

데크 위에는 직사각형의 하얀 화분 두 개가 놓여있었다. 무슨 꽃인가 심었는데 금방 시들어버렸고 그 뒤로는 마른 흙만 남아있었다. 동생 다이키가 키우던 도롱뇽이나 개구리가 죽으면 그곳에 묻었던 것도 같다. '아, 그 화분은 우리집 묘지였구나.' 하고 이제 와서 깨닫는다.

베란다 난간에 기대어 집안을 응시했다. 메이코 씨도 나를 따라 집안으로 시선을 돌린다.

"우리가 살았을 때는 여기가 큰 다다미방이었고 창가에 다이키의 수조가 줄줄이 놓여있었어. 몇 살 때였는지는 기억나지 않지만 기록적으로 무더운 날이 있었는데 에어컨을 틀어도 전혀 시원하지가 않았어. 엄마랑 다이키랑 나랑 셋이서 커튼을 꼭 닫고 뒹굴고 있었는데 너무 지겨운 거야. 그래서 지겨워! 놀러 나갈래, 했더니 엄마가 온도계를 가져

와서는 바깥 온도를 재보래. 그래서 창문을 빼꼼히 열고 온도계를 내밀었더니 순식간에 50도가 넘어버렸어. '엄청나네, 엄청나' 하며 흥분해서 떠들었던 기억이 나."

그 집에는 나와 엄마와 아버지가 다른 동생 다이키까지 셋이서 살았었다.

이사 온 것은 다이키가 초등학교에 들어가는 해였던가. 다이키와는 네 살 터울이니 나는 초등학교 4학년이었을 터이다. 그리고 중학교를 졸업하기 직전까지 살았는데 그때 이미 다이키는 없었다.

내가 초등학교를 졸업하기 이틀 전 밤에 다이키는 혼자 욕조에 들어갔다가 심장발작을 일으켜 숨을 거두었다.

그때 엄마는 개인전을 앞둔 가장 바쁜 시기여서 화실에서 철야 작업을 하는 날이 많았고 엄마의 친구와 지인들이 대신 우리를 돌봐주곤 했다.

엄마가 집에 있는 날도 새벽 두세 시까지 그림을 그릴 때가 많다 보니 아침에 일찍 일어나지 못했다. 어린이집에 다닐 때는 반드시 부모가 데려다주게 되어있어서 어쩔 수 없이 일어났는데 그럴 때의 엄마는 완전히 저기압이었다. 그래서 다이키가 초등학교에 들어간 후로는 내가 아침을 준비해서 다이키에게 먹이고 알아서 학교에 가게 되었다.

잠옷 차림으로 우유를 잔에 따르고 식빵을 구웠다. 그게 전부인 간단한 아침 식사.

한 번은 내가 여름 체험학습이 있어서 삼일 정도 집을 비운 적이 있는데 그때는 아무리 엄마라도 자신이 아침을 준비해야 한다고 생각했던 모양이다. 하지만 좀처럼 일어나지 못하고 이불 속에서 꾸물대는 동안에 다이키가 깨웠다고 한다.

"엄마, 밥 다 됐어."

엄마 머리맡에서 조심스럽게 말을 거는 다이키를 상상하자 웃음이 삐져나온다.

누나가 없으니까 자기가 해야 한다고 생각했나 봐. 뭔가 감동한 듯한 엄마는 다이키가 다니던 학교의 학부모 모임에서 '우리 집은 늘 아이들끼리 아침을 챙겨 먹고 나간답니다.' 하고 당당하게 발표했다가 눈총을 받았다며 웃었다.

다이키가 창가에 늘어놓은 수조 안을 열심히 들여다보고 있다.

그런 다이키를 젊었을 때의 엄마가 응시하고 있다.

집에 남겨진 다이키의 감색 점퍼와 검은색 책가방을 보면 다이키뿐만 아니라 그것들을 끝까지 버리지 못했던 엄마의 모습이 같이 떠오르듯이, 눈앞에 나타난 다이키의 모습에는 계속해서 그 뒤를 쫓고 있는 엄마가 함께한다. 다이키를 잃은 후 엄마는 한동안 다이키만 그렸다. 다이키의 그림이 쌓여가는 동안 다이키의 모습은 역사 속에서 목숨을 잃은 아이들과 겹쳤고, 하나의 장대한 연작으로 완성되어 엄마의 중반기 대표작이 되었다.

그때의 엄마도 이런 기분으로 다이키를 그렸던 것은 아닐까. 사실 어떠했을지는 알 수 없다.

엄마의 그림에서 내 모습이 사라진 것에 상처를 입은 적도 있었다. 하지만 지금은 그렇게 단순한 문제가 아니라는 생각도 든다. 나는 살아있으니까.

살아있는 사람을 일방적으로 그림에 가둘 수는 없다.

버스는 간선도로로 나오자 속도를 높였다.

할머니들도 역시 피곤했는지 조용해졌다.

차내의 공기가 움직임을 멈추고 천천히 몸을 감싼다.

무거워진 눈꺼풀을 내리자 옆에서 메이코 씨의 고른 숨소리가 들려왔다.

2

밤에 도착한 버스터미널에는 메이코 씨의 오빠인 요이치 씨가 차로 마중을 나와있었다. 메이코 씨에게는 일곱 명의 형제가 있는데 장녀인 아사코 씨, 셋째인 에쓰코 씨, 차남인 요이치 씨까지 세 사람이 지금도 농장에 남아있다. 요이치 씨는 현재 농장의 대표직을 맡고 있다고 한다. 전쟁 전에 이주한 고즈키 이사오라는 사람이 메이코 씨의 양친을 포함한 다섯 가족과 함께 농장을 설립한 이후로 주민은 점점 늘어서 한창 많을 때는 삼백 명을 넘어섰다. 지금은 그 수가 줄어서 육십 명 정도라고 하는데, 그래도 공동생활을 하는 인원으로서는 꽤 많다고 생각한다.

메이코 씨와 포옹을 한 후 요이치 씨는 내게 손을 내밀었다.

크고 따뜻하고 두툼한 손이었다.

익숙하지 않은 포옹 인사를 해야 하나 긴장했지만, 요이치 씨는 악수를 나눈 후 곧바로 짐을 싣고 운전석에 커다란 몸을 밀어 넣었다. 나도 안심하며 차에 올라탄다. 차 안은 무척이나 조용했다. 요이치 씨는 말수가 적은 편인 듯 메이코 씨가 산의 근황을 물어도 예전 그대로야, 정도의 대답밖에 하지 않았다. 좀 마른 것 같아, 라는 메이코 씨의 말에도 웃음인지 탄식인지조차 알 수 없는 소리를 내었을 뿐이다.

"난 말이지, 사실 부모님의 친딸이 아니야. 사생아야."

메이코 씨에게 그 말을 들었던 게 언제였더라. 진짜 엄마는 차녀인 가나코 씨이고 남자는 엄마의 임신 사실을 알고는 도망가 버렸다고 했다. 메이코 씨를 키워준 부모가 사실은 조부모였던 것이다. 따라서 요이치 씨도 사실은 오빠가 아니라 숙부인 셈이다. 미혼의 딸이 임신했을 때 몰래 출산시킨 후 자신들의 막내로 키우는 일은 옛날 일본에서 자주 있었다고 들었다. 태어난 아이를 위해서라기보다 아직 젊은 딸이 사생아를 키우다가 결혼도 못 하게 되지는 않을까 걱정해서였을 것이다.

"스무 살이 되면 산을 떠나려고 했어." 농장에 대한 이야기를 할 때마다 메이코 씨가 입가를 일그러뜨리며 하는 말이었다.

수습을 한다고 해봐야 좁은 농장 내의 일이었다. 그런 일은 감출 수도 없어서 소문은 늘 따라다녔고 모친에게도 '너는 태생이 안 좋으니까 다른 사람보다 몇 배는 노력해야 해'라는 말을 계속 들어왔던 모양이었다. 어차피 소문이 날 거라면 처음부터 가나코 씨의 아이라고 해도 되지 않았을까. 아버지가 없는 가정에서 자란 나는 단순하게 그런 생각을 해버린다. 공산주의에 가까운 사상으로 운영되는 농장은 하나의 대가족 같은 형태여서 여자 혼자 아이를 키워야하는 것도 아니었으며 무엇보다 이곳은 브라질이다. 태어난 아이에게 일본 국적을 갖게 할 생각조차 하지 않았으면서 오랜 호적 제도에 얽매인 발상을 하다니 이해하기 어려웠다.

하지만 한편으로는 메이코 씨가 조부모의 자식으로 자랐다고 해서 불행했던 것은 아니구나 하는 생각도 든다. 일곱 명의 형제들은 한참 어린 여동생을 귀여워했을 것이다. 지금 메이코 씨는 요이치 씨 옆에서 무척이나 안심하고 있는 듯 보인다. 산을 떠나고 싶었던 것도 그저 바깥 세계를 동경했을 뿐인지 모른다.

왠지 집안 이야기를 들으면 안 될 것 같아서 차가 달리기 시작하자 뒷좌석에 몸을 깊이 묻고 멍하니 가로등을 바라보았다. 푸르스름한 가로등에 비친 마을은 고즈넉하고 고요했다. 마을을 빠져나가 10분 정도 달리자 포장이 되어 있지 않은 샛길로 들어섰고 울퉁불퉁한 언덕길을 내려가 편편한 곳으로 나왔다. 메이코 씨가 다 왔다고 했지만 어두워서 아무것도 보이지 않았다. 사냥개 울음소리가 들렸고 몇 마리인가가 헤드라이트 앞을 가로질렀다. 차 주변을 맴돌고 있는 모양이었다. 불쑥 눈앞에 나타난 단층집 앞에 차가 멈췄다. 사냥개들이 차로 다가와서 차 문에 코를 가져다 댔다. 사냥개들을 경계하며 조심스럽게 차에서 내리자 외등이 켜져 있어서 생각보다 밝았다. 어둡게 보였던 것은 차창이 지저분했던 탓인 듯했다. 단층집 앞에는 외부 복도가 있었고 몇몇이 벤치에 앉아 담배를 피우고 있었다. 뒤돌아보니 어두운 광장이 있고 그 너머로 작은 집 몇몇 곳에서 새어 나온 불빛이 보였다.

"코지냐*로 들어와."

* cozinha

29

메이코 씨가 시키는 대로 단층집의 크고 육중한 목제 미닫이문을 열고 안으로 들어가자 꽤 넓은 공간이 나왔다. 코지냐는 아마도 식당을 말하는 듯, 눈앞에는 젓가락과 접시가 놓인 커다란 테이블이 천으로 덮여있다. 이 테이블에 음식을 늘어놓고 뷔페식으로 식사를 하는 듯했다. 큰 테이블 좌측에는 여덟 명 정도 앉을 수 있는 테이블 세 개가 한 줄로, 우측에는 같은 크기의 테이블이 세 개씩 세 줄로 놓여 있었다. 좌측 안쪽은 부엌이다. 커다란 개수대가 세 개 있었고 커다란 냄비가 올려진 쿡탑도 보였다.

저녁 식사 시간은 이미 끝난 뒤라 부엌의 전기는 꺼져 있었고 식당도 어두컴컴했다. 그럼에도 테이블을 둘러싸고 이야기를 나누거나 우측 안쪽에 놓인 텔레비전을 보는 사람들이 남아있어서 떠들썩했다. 가장 가까운 테이블에 짐을 내려놓자 이야기를 나누고 있던 여성들이 다가왔다.

"안녕하세요. 미나미 지카라고 합니다."

황급히 고개를 숙이자 백발의 여성이 생글거리며 손을 내밀었다.

"메이코의 언니 아사코입니다."

메이코 씨와 마찬가지로 동그란 얼굴에 커다란 눈. 아사코 씨는 여덟 형제 중 첫째로 막내인 메이코 씨와는 스무 살 이상 차이가 나니까 이미 여든은 넘었을 터이다. 하지만 전혀 그 나이로 보이지 않았다.

아사코 씨에게 주려고 가방 속에서 선물을 꺼냈다. 하지만 메이코 씨가 코지냐로 들어오자 아사코 씨 일행이 그쪽으로 가버리는 바람에 선물을 든 채 그 자리에 남겨졌다. 텔레비전에서는 NHK의 위성방송이 나오고 있다. 버스에서 내린 후부터 귀에 들린 것은 전부 일본어여서 이곳이 브라질이라는 사실을 까맣게 잊을 듯했다. 오늘도 도쿄는 장맛비가 이어진다는 아나운서의 목소리를 멍하니 듣고 있자 어느새 사람들에게서 해방된 메이코 씨가 내 어깨를 두드렸다.

"저쪽에서 밥 먹자."

안쪽 테이블에 우리를 위한 식사가 준비되어 있는 듯했다.

아사코 씨 일행은 원래 있던 테이블로 돌아가서 다시 담소를 나누고 있다.

"잠깐만. 선물 좀 드리고."

나는 아사코 씨 일행이 있는 테이블로 달려가서 선물을 내밀었다.

"이거, 선물입니다."

조금 전 인사를 했을 때처럼 생글거리는 얼굴로 맞아줄 줄 알았다. 그런데 나를 보는 아사코 씨의 얼굴이 크게 일그러져 있다.

순간 당황했지만, 귀가 안 좋다고 했던 말을 떠올리고 다시 한번 정중하게 이야기했다.

"선물입니다. 양갱이랑 수건이에요."

아사코 씨의 옆에 있던 사람이 귓가에 대고 내가 한 말을 다시 해주었다.

"선물이래."

하지만 아사코 씨는 웃음기 하나 없이 겁에 질린 눈으로 나를 응시했다.

"이상한 거는 묻지 마."

무슨 말을 하는지 알 수 없었다. 단지 경계하고 있다는 사실만이 또렷하게 느껴져 귓가가 뜨거워진다.

"일단 편히 있어."

그걸로 아사코 씨와의 대화는 끝났다.

어깨를 축 늘어뜨리고 안쪽 테이블로 가자 메이코 씨가 그릇을 든 채 나를 올려다보았다.

"미안. 조금 혼란스러워서 그럴 거야. 귀화 서류를 건네 줬거든."

한숨을 쉬는 듯한 목소리를 듣고, '아 그런 거구나.' 하고 이해했다.

메이코 씨가 브라질 여권에 연연한다는 이야기를 엄마에게 들었다. 그래서 메이코 씨가 일본으로 귀화할 결심을 했다고 했을 때는 나도 모르게 아깝다는 말이 나왔다. 메이코 씨는 난처한 듯 웃으면서 나지막한 목소리로 말했다.

"이전에는 언젠가 브라질로 돌아갈지 모른다고 생각했는데 이 나이가 되고 나니까 좀 그래. 일본에서 살 거면 귀화하는 편이 이래저래 편하니까."

아사코 씨 일행이 기입해 줘야 하는 갈색 봉투 속의 서류는 두께가 5밀리미터는 되었고, 게다가 부모님과 형제 전원의 출생증명서도 받아야 했다. 관공서의 절차가 복잡하기는 일본이나 브라질이나 매한가지일 터이다. 더구나 아사코 씨는 산에서 나간 적이 거의 없어서 포르투갈어도 못 한다고 한다. 두툼한 서류 다발은 겉보기에도 복잡해 보여 마음이 무거워질 것이 분명했다. 어쩌면 내게 탐문 조사라도 받는다고 생각했을지도 모른다. 그렇다면 경계하는 모습을 보인 것도 무리는 아니다.

"아사코는 전혀 말이 안 통한다니까. 뭐, 됐어. 내일 에쓰코에게 말할 거니까."

메이코 씨는 한숨 섞인 푸념을 하면서 그릇에 밥을 담아서 내게 건넸다. 놓여있는 음식은 흰밥, 콩을 푹 끓여 만든 페이장*, 채소 샐러드, 근채 튀김이었다. 식욕이 없어서 차갑게 식은 튀김을 씹고 있자 요이치 씨도 와서 맞은편에 앉아 묵묵히 먹기 시작했다.

저녁 아직 안 먹었냐고 메이코 씨가 묻자 요이치 씨는 입안의 음식을 삼킨 후 "일이 조금 밀렸었어." 하고 대답했다. 그리고 이어서 "그러고 보니 마사나오 일 힘들었겠다."라며 메이코 씨의 반응을 살피듯 시선을 들었다.

메이코 씨는 "그렇지 뭐." 하며 애매하게 웃고는 침묵해 버렸다.

다른 테이블에서 들리는 웃음소리와 페이장을 그러모으는 스푼 소리만이 딸그락딸그락 울린다. 텔레비전은 이미 꺼져 있었고 사람들도 몇 남아있지 않았다.

마사나오 씨가 사망했을 때의 일은 이미 몇 번이나 들었다.

우연하게도 다이키와 똑같이 욕조에서의 돌연사여서 메이코 씨에게 들은 이야기는 그대로 다이키가 죽었을 때와

---

*   feijão

겹쳤다.

자택에서 돌연사한 경우, 타살 가능성도 있어서 경찰이 현장검증을 하고 현장에 있던 사람을 조사한다. 다이키 때도 집에 경찰이 왔었던 모양이지만 나는 잘 기억나지 않는다. 단지, 그 상황에 불만을 토로했던 엄마를 기억한다.

좁은 조사실에서 낯선 남자들에게 무례한 시선을 받는 동안 엄마는 망상에 휩싸였다.

다이키 학교의 학부모나 주변 사람들은 경찰의 질문에, 그 모친은 자녀들을 아껴주었다고 말해줄까. 아이들 아버지가 다르고 다이키의 부친과는 정식 결혼 관계도 아니었던 자신에 대해 학부모회에서 만난 사람들이 좋게 말해줄 리가 없다. 그 집에는 아버지도 없었고 엄마라는 사람은 아침에 일어나지도 않고 아이들끼리 아침을 챙겨 먹고 학교에 갔다, 엄마는 일 때문에 밤늦게까지 들어오지 않는 날도 많은 것 같더라는 정도의 증언은 나왔을 것이다. 그중에는 이야기가 꼬리를 물어 아이들에게 폭력을 휘두른다거나 아이들을 방치했다는 증언도 나올지 모른다. 사실이 아니다, 난 그 아이를 사랑했다고 아무리 큰소리로 외친들 그것을 증명해줄 다이키는 이미 없다.

"그땐 정말 지독했어. 조사실이 얼마나 좁던지…"

그렇게 목메어 말하는 메이코 씨가 그때의 엄마로 보인다.

"계속해서 같을 걸 묻고 또 물으니까 머릿속이 혼란스러워서 앞에서와 다른 말을 해버리는 거야. 그러면 왜 이야기가 다르냐고 따져 물어. 남편이 나도 모르는 사이 사났는지 현장검증에서 나온 츄하이* 캔의 개수가 내 기억과 맞지 않았던 거야. 그러니까 묻고 또 묻고. 완전히 용의자 취급이었어. '대체 몇 번을 얘기하는 거야, 당신들 바보야?' 하고 딸이 대신 화를 내줬지만."

"그랬구나, 다행이네."라고만 짧게 대답한다.

"하지만 딸아이에게 처음 전화했을 때 받자마자 물었어. '엄마가 한 거 아니지?'라고 아니라고 했더니 '그럼 됐어, 아버지는 어찌 되든 상관없어.'라고…."

메이코 씨가 괴로운 듯 흐느낀다.

"역시 그런 생각을 했구나 생각하니까…"

나는 그저 고개만 끄덕일 뿐 뭐라고 대답해야 좋을지 알수 없었다.

마사나오 씨가 알코올에 의존하기 시작한 것은 치매에

---

*　탄산과 소주를 섞은 음료

걸린 모친 사치코 씨를 시설에 입소시킨 후부터였던 것 같다고 메이코 씨는 말했었다.

예전에는 술이 약해서 조금만 마셔도 금방 잠들어버렸다. 그런데 점점 술의 양이 점점 늘었고 자는가 싶다가도 얼마 지나지 않아 눈을 뜨고는 다시 술을 마시기 시작했다. 어느새 아침이고 저녁이고 하루 종일 술을 마시게 되었다.

마사나오 씨는 주변에 들릴 정도로 괴성을 지르기 시작하고 용변도 가리지 못하게 되면서부터는 메이코 씨에게 폭언을 일삼았다. 메이코 씨가 전철역에서 집으로 향하는 언덕길을 오르다 보면 마사나오 씨의 목소리가 들렸다고 한다. 길에서 주변 사람들과 마주치면 묻기도 전에 '저 양반이 알코올 중독이라서' 하며 웃어 보였다. 메이코 씨는 "어차피 알게 될 텐데 숨겨봐야 소용없어."라고 조금 화난 목소리로 말했다.

마사나오 씨가 폭발하는 이유는 예측 불가였다. 장을 보고 오겠다고 했더니 고함을 지르기도 했고 가만히 식사를 하다가 갑자기 폭언을 내뱉기도 했다.

그렇게 잘해줬는데 내 뒷바라지도 똑바로 못 해?

브라질로 돌아가, 한자도 제대로 못 쓰는 주제에 건방지게. 메이코, 넌 최악이야, 태생이 글러 먹었어.

양재 교실을 열었을 때도 수강생들 앞에서 모욕적인 폭언을 한 적이 있었다. 거북해진 수강생들이 굳은 표정으로 돌아가는 모습을 보면서 메이코 씨는 한동안 교실을 닫아야겠다고 생각했다. 마사나오 씨는 고작 취미일 뿐이니까 그만두라고 했지만, 그 무렵에는 이미 메이코 씨가 양재로 번 돈이 집안 수입의 전부였다.

그러는 동안 마사나오 씨는 마침내 주먹까지 쓰게 되었고, 메이코 씨는 고함소리가 들리기 시작하면 무조건 밖으로 도망갔다.

그날도 메이코 씨는 근처 패밀리 레스토랑에서 시간을 죽이고 있었다. 여름방학이어서인지 패밀리 레스토랑에는 고등학생으로 보이는 아이들이 있었고 평소보다 시끄러웠다. 음료 바에서 홍차를 두 잔 마시고 밤 10시 반 정도 집으로 돌아갔다. 나온 지 2시간이나 지났으니 마사나오 씨는 잠들어있을 터였다. 소리가 나지 않도록 조심스럽게 현관문을 열었는데 등줄기가 서늘했다. 마사나오 씨가 깨어 있었다. 비틀거리는 발걸음으로 방에서 뛰쳐나온 마사나오 씨는 메이코 씨를 보자마자 얼굴이 시뻘게지며 고함을 지르기 시작했다. 방안은 배설물로 엉망진창이었다. 마사나오 씨는 메이코 씨를 때리려고 했지만 제대로 걷지도 못하는 상태에서 휘두른 주먹을 메이코 씨는 어렵지 않게 피했다. 뜻대로 되지 않자 마사나오 씨는 더 화가 나서 미쳐 날뛰었다.

메이코 씨는 다시 밖으로 뛰어나가 경찰서로 달려갔다.

경찰과 함께 집으로 돌아왔을 때 마사나오 씨는 축축해진 카펫 위에 쓰러져 잠들어있었다. 경찰은 메이코 씨의 눈을 보며 말했다.

"입원시키십시오. 안 그러면 당신이 죽든가 죽이든가 둘 중 하나입니다."

입원시킬 병원과 이송할 구급차까지 경찰이 수배해주었다. 메이코 씨는 환자가 난동을 피우면 이불로 말아서 포박할 것, 이송 전에 일회용 기저귀를 채울 것, 보호 장비를 갖춘 보디가드 두 명을 동승시킬 것 등에 동의하고 사인을 했다. 도착한 구급차는 흔히 보는 흰색에 빨간 줄이 있는 차량이 아닌 검은색 밴의 일반 차량이었다. 경찰이 지켜보는 가운데 두 명의 보디가드와 사회복지사가 능숙한 동작으로 마사나오 씨를 차에 태웠고 그대로 응급입원이 되었다.

메이코 씨가 병원에 찾아갈 때마다 마사나오 씨는 자신을 이런 곳에 가뒀다고 마구 소리를 질러댔다. 의사는 메이코 씨에게 환자가 안정될 때까지 병원에 오지 않는 편이 좋다고, 전화도 받지 말라고 했다고 한다.

맞아, 내버려 두는 게 나아. 나도 그렇게 말했다. 이혼하는 게 낫지 않겠느냐고 한 적도 있다.

병원에 입원한 마사나오 씨는 신약 치료를 받았다. 하지만 그 약은 오히려 마사나오 씨의 상태를 악화시켰다. 마사나오 씨는 신약을 복용하면서부터 시야가 흐릿해지고 좁아졌으며 다리에 힘이 빠져 질질 끌면서 걷게 되었다고 하소연했다. 그것이 약의 부작용이었는지 건강이 악화된 탓인지는 모른다. 하지만 더 이상의 치료도 힘들어서 결국 마사나오 씨는 그대로 퇴원하게 되었다.

이미 마사나오 씨는 누가 봐도 혼자 생활할 수 있는 상태가 아니었다.

다리 재활치료를 받으러 다니면서도 집에서는 거의 누워서 지냈고 술을 마시고는 메이코 씨에게 폭언을 내뱉었다. 말로는 알코올 중독 치료를 계속 받는다고 하면서도 싸구려 츄하이가 아닌 좋은 와인을 마시면 고약한 주사가 없다느니 핑계를 대면서 결국은 계속 술을 마셨다.

"그냥 실컷 마시게 두려고 해."

사치코 씨가 사망하고 상속 절차에 바빠지게 되면서부터 메이코 씨는 그렇게 말했다.

실컷 술을 마시고 그 때문에 이 사람의 수명이 줄어든다고 해도 어쩔 수 없다. 원하는 대로 술을 내주고 폭언이 시작되면 결혼해서 근처에 살고 있는 딸 유리의 집이나 패밀리 레스토랑으로 도망간다. 그렇게 하면 다리가 불편한 마사나오 씨는 쫓아오지 못한다. 혼자 있다가 넘어져서 다칠지도 모르지만 그래도 상관없다. 그렇게 자신에게 말하며 밤거리를 떠돈다. 그리고 몇 시간이 흐르고 조용해진 집으로 돌아와 고른 숨소리를 내며 잠든 남편을 확인하고 안도한다.

이런 생활이 계속되면 마사나오 씨는 오래가지 못할 것이었다. 그것은 누가 봐도 명확했다.

그래도 괜찮다고 메이코 씨는 자기 자신에게 말했고 나도 엄마도 그래도 괜찮다고 끊임없이 말했다. 메이코 씨는 나쁘지 않다고. 그리고 마사나오 씨가 사라지기를 원했다. 그것이 결국 죽음을 뜻한다는 사실을 애써 외면한 채.

"그 사람이 있지, 자신도 살아봐야 앞으로 십 년일 테니 가고 싶은 곳에 가겠다는 거야. 그 말을 듣고는 깜짝 놀랐잖아. 앞으로도 십 년이나 살 생각이라니. 네 아버지가 앞으로 십 년을 살겠단다, 하고 말했더니 유리도 깜짝 놀라더라."

메이코 씨가 그렇게 말하고 웃었다. 나도 웃었다. 그게 겨우 반년 전의 일이었다.

그 마사나오 씨가 맥없이 욕조에서 목숨을 거두었다. 그런 날이 올 것임을 알고 있었고 그런 날을 기다려왔다.

그때 머릿속에 잘 됐다는 말이 떠올라 서둘러 지웠다.

나조차 그랬으니 가까이서 지켜보던 유리 씨가 최악의 사태를 상상한 것도 무리는 아니었다.

"그날도 폭언이 이어졌어. 글자도 제대로 못 읽는 주제에 건방지게, 나가, 브라질로 가 버려, 하고. 그래서 유리 집으로 도망가서, 더는 못하겠다고 신세 한탄을 늘어놓고 있었어. 그 무렵에 나도 알레르기가 생기고 허리를 삐끗하는 등 몸이 온갖 신호를 보냈고 정말로 한계였거든. 유리도 그러면 자신의 집으로 들어오라고 해서 그렇게 할까 고민하고 있었어. 설마 그날 그런 일이 일어날지는 생각도 못 했어. 그 사람이 잠들만한 시간까지 기다렸다가 집에 돌아가서 욕조에 들어갔어. 그랬더니 그 사람이 깨어나서 고함을 치는 거야. 자신이 아직 쓰지도 않은 욕조를 왜 먼저 쓰고 있느냐고. 당장 나오라고. 바로 욕조에서 나와서 그대로 자 버렸어. 그 후에 그 사람이 들어간 거야. 한밤중에 잠이 깨서 상태를 보러 갔을 때는 이미…"

당신 탓이 아니라고 달래면서 머릿속으로 좀 더 제대로 된 위로의 말을 찾고 있었다.

인간은 그리 완벽하지 않다. 어떻게든 할 수 있다고 생각하는 것은 자만이다.

"뭔가 따뜻한 것 좀 마시고 싶지 않아?"

메이코 씨의 말에, 스푼을 쥔 손이 멈춰있었다는 사실을 깨달았다.

식사를 마친 요이치 씨는 이미 나가고 없었다.

"요이치가 일본에 놀러 왔을 때 그 사람이 농장 경영에 대해 참견을 했다가 싸운 적이 있어서 사실 요이치는 그 사람을 불편해해."

메이코 씨는 쓴웃음을 지으며 뜨거운 카이피리냐*를 만들어주었다.

핑가**를 뜨거운 물로 희석한 후 설탕과 레몬을 듬뿍 넣은 카이피리냐는 메이코 씨를 키워준 아버지 겐이치로 씨가 좋아하는 음료였다. 만년에 당뇨로 한쪽 다리를 절단하고도 좋아하는 오페라를 들으며 카이피리냐를 마셨다고

---

*   caipirinha, 브라질의 대표 칵테일

**   pinga, 사탕수수로 만든 증류주

한다.

"원래는 생강이나 시나몬을 넣으면 맛있는데."

메이코 씨가 내민 컵을 두 손으로 받아 후후 불면서 조용히 홀짝인다.

달콤함과 따뜻함이 몸을 풀어준다.

코지냐 밖에서 사람들의 웃음소리가 들린다.

메이코 씨는 모락모락 김이 나는 하얀 컵을 양손으로 쥔 채 표정 없는 눈으로 한곳을 응시한 채 움직이지 않았다.

3

그날 밤 꿈을 꾸었다.

공항 대기실 같기도 한 낯선 장소였다. 회색 카펫에 벤
치가 줄지어 있다. 앞쪽 벽은 유리였고 그 너머로는 짙은
녹음이 펼쳐져 있다. 낯선 사람들이 급한 발걸음으로 오간
다. 안쪽 벤치에 엄마가 앉아있다. 아무런 짐도 없이 등을
곧게 펴고 앉아서 숲 쪽을 향하고 있다. 살짝 미소를 머금
은 채 눈이 아닌 귀로 무언가를 느끼려고 하는 모습이 어
딘가 야생 사슴이 떠오른다.

엄마, 이런 곳에 있었어? 달려가서 말을 걸자 엄마는 표
정을 바꾸지 않고 눈이 아닌 귀를 내 쪽으로 향한다. 분명
히 이미 돌아가셨다고 생각해서 이곳에 계신 것을 잊고 있

었다. 그동안 엄마는 인간으로서의 감각을 조금씩 잃어가면서 이곳에 계속 앉아있었던 걸까. 대체 며칠이나 엄마를 방치했던 걸까, 도저히 생각이 나지 않는다. 다시 한번 큰소리로 엄마를 부르면서 그 양팔을 붙잡는다. 그 팔은 하얗고 매끄럽고 부드럽다.

그 팔에 닿는 것에 혐오감을 느꼈던 때가 있었다고, 어렴풋이 떠올린다.

엄마는 어느새 등에 하얀 반점이 있는 진짜 사슴이 되었고 눈을 감고 그 자리에 웅크린다. '이대로 두면 쇠약해져 죽고 말 거야, 무언가 먹을 것을 줘야 해.' 하며 일어나서 달려간다. 하지만 음식은 보이지 않고 다리는 뜻대로 움직이지 않는다. 누군가와 어깨를 부딪쳐 비틀거리고 떠밀리는 동안 그 대기실이 어디에 있었는지, 어디로 가려고 했는지 알 수 없게 된다.

잠에서 깨자 주변은 아직 어둠에 잠겨있었다.

엄마를 어딘가에 잊어버리고 온 것이 아니었다는 사실에 안도한다.

시계를 보니 아직 4시 전이었다. 시차 탓인지 지나치게 정신이 또렷하다. 역시 수면제를 먹고 잤어야 했다.

작은 침대 두 개가 나란히 있는 게스트하우스의 한 방을 메이코 씨와 둘이 쓰고 있었다. 옆 침대에서 메리코 씨의 고른 숨소리가 들린다. 밖은 아직 컴컴했지만 달빛에 비친 도마뱀붙이의 그림자가 커튼에 드리운다.

다이키가 플라스틱 수조에서 키우던 작은 도롱뇽과 개구리는 다이키가 죽고 난 후 곧바로 전부 죽었다. 그 사체를 어떻게 했더라, 하고 그림자를 보면서 생각한다.

그런 꿈을 꾸는 걸 보면 역시 후회가 남아있는 걸까.

엄마가 암이라는 사실을 알고 처음에는 인터넷으로 정보를 긁어모아 한방이든 식이요법이든 할 수 있는 것은 뭐든지 하려고 했다. 하지만 엄마는 자신의 생활을 바꾸려고 하지 않았다. 억지로 시키려고 하자 싸움이 되어버렸고 한 달도 안 돼서 지쳐 포기했다. 혹시 이런 생활이 수명을 단축한다고 해도 그것이 엄마의 선택이라고 위안하면서. 올바른 선택이었는지는 모른다. 하지만 후회하는 것도 아니다.

엄마는 언제나 자신이 원하는 방식으로 살아왔다. 그 방식을 관철했을 뿐이다.

올해 봄, 살아계셨다면 일흔이 되었을 엄마의 생일을 메이코 씨와 함께 축하했다.

마사나오 씨가 죽기 조금 전의 일이다.

메인 요리는 메이코 씨의 의견대로 엄마가 좋아했던 스

테이크로 했다. 스테이크용 고기를 버터와 마늘을 넣고 구워서 일단 접시에 옮기고 프라이팬에 남은 육즙에 간장과 레드와인을 넣은 후 고기를 다시 프라이팬에 넣는다. 이 요리법을 엄마는 무척 마음에 들어 해서 굽는 법에 대한 메모가 지금도 냉장고에 붙어있다. 내가 알고 있는 엄마는 요리에 관해서는 빨리 만드는 것 외에는 흥미가 없는 사람이어서 '구운 고기를 일단 프라이팬에서 꺼내는 그 작은 수고가 중요하다'고 말하는 엄마를 보고 기겁할 만큼 깜짝 놀랐다.

레드와인을 잔에 따르면서 그 이야기를 하자 "기요코 씨, 요리 못했지." 하며 메이코 씨도 웃음을 터뜨렸다.

"자주 말했었지. 자기도 아이 둘을 키운 사람이라고."

"메이코 씨한테는 아무것도 할 줄 모르는 사람처럼 보였겠네요."

잔을 부딪쳐 건배한 후 레드와인을 입으로 흘려보냈다. 꽤 오래전에 사서 방치해둔 탓인지 입안에 떫은맛이 남는다.

"처음 봤을 때는 그랬지. 하지만 지금은 그렇게 일을 하면서도 혼자 용케 키웠구나 생각해."

메이코 씨가 아주 조금 기특하다는 표정을 지었다.

일본에 온 날부터 시어머니와 함께 살았던 메이코 씨는 '가정교육'이라는 명목하에 세탁기나 청소기 사용이 금지되었고 매일 차가운 물로 손빨래를 하고 바닥을 닦아야 했다고 한다. 몸이 차가워져서 두 번이나 유산을 했다는 이야기도 해주었다.

"기요코 씨도 그건 완전히 자신의 부모 세대 이야기라고 했어. 하지만 어쩔 수 없었잖아. 일본에서는 그게 당연한 거라고 생각했으니까."

과장되게 놀라는 엄마 앞에서 허탈해하는 메이코 씨의 모습이 눈에 선하다. 그리고 두 사람은 공범자처럼 같이 웃는다.

사실을 말하자면 메이코 씨와 교류하던 때의 엄마를 나는 잘 몰랐다.

다이키가 죽고 갑자기 둘만 남게 되었을 무렵부터 엄마와 거리를 두게 되었다. 내가 대학교 3학년 때 엄마는 유카와라는 소설가와 동거를 시작했다. 그전에도 애인은 있었지만 우리 집에 남자가 들어온 것은 처음이었다. 나는 근처의 연립을 빌려 혼자 살기 시작했다. 월세는 엄마가 내주었다. 그것이 미안함 때문이었는지, 엄마 나름의 철학인지는 잘 모른다. 그것이 무엇이든 뜻밖에 주어진 자유로운 생활은 즐거웠다. 도가 지나치게 놀러 다니는 나를 엄마가 걱정하고 있음은 알았지만, 무슨 말을 들어도 그저 그 생활이

황홀할 뿐이었다.

메이코 씨가 우리 집에 오게 된 것은 그로부터 몇 년 후, 내가 대학을 졸업하고 출판사에 근무하게 되었을 무렵이다.

"그 무렵 기요코 씨는 유카와 씨랑 너무 헤어지고 싶어서 밖에 화실을 빌려 그곳에서 자곤 했잖아. 자기 집이니까 그렇게 싫으면 나가라고 하면 되지 않느냐고 여러 차례 말했어. 유카와 씨는 정말로 지독했거든. 이삼일만 혼자 두면 개수대에 그릇은 물론이고 편의점 도시락과 컵라면 용기에 음식물 쓰레기까지 뒤섞여서 산처럼 쌓여있고 초파리까지 꼬여있었으니까. 빨래도 다 개어뒀는데 다음에 가보면 전부 바닥에 흩어져 있었어. 용케도 참는다고, 나도 모르게 말해버렸어. 그랬더니 기요코 씨가 화를 내면서 '내버려 둬, 난 이 모양이니까.' 하는 거야. 그래서 그런 뜻으로 한 말이 아니라고 달래고 거의 일 년에 걸쳐서 설득했다니까.

정말 이상하잖아. 그 얘기 못 들었어? 그 사람 기요코 씨집에 굴러 들어와서는 집세도 안 냈어. 오십이 넘은 어른이그게 말이 돼? 헤어질 거면 지금 헤어지라고, 몸이라도 아파 버리면 버리려고 해도 버릴 수 없게 된다고 계속 얘기했어. 그래도 기요코 씨는 뭔가 주저하는 거야. 그래서 저사람 목욕시켜 줄 수 있어? 대소변 받아줄 수 있어? 그렇게 물었더니 못한대. 그런데도 계속 우물쭈물하면서 지카에게 뭐라고 말해야 좋을지 모르겠다는 거야."

갑자기 화살이 내게로 향하자 기침이 나오려고 했다.

"나? 나랑 무슨 상관이야?"

"그게, 지카가 한심해할 거라고 했어."

흔들림 없는 어조로 메이코 씨가 말했다.

엄마가 유카와 씨와 동거를 시작했을 때, 좋은 사람 같다거나 이번에는 잘 됐으면 좋겠다는 식으로 말했던 기억은 있었다. 별다른 의미는 없었다. 조금 배려해 준 것뿐이었다. 그 말을 엄마가 그렇게까지 마음에 두고 있을 줄은 몰랐다. 엄마가 자신의 애인에 대해 의견을 물은 적도 없었고, 유카와 씨 이전에 만났던 애인은 소개조차 해주지 않았다. 비록 자신의 애인이라고 해도 자식에게는 아버지로서의 관계를 강요하지 않겠다는 엄마 나름의 철학이었을 터이다. 그렇기 때문에 나는 그 남자와의 관계에 대해 고민할 필요가 없었고 좋은 사람 같다고 편하게 말했던 것이다. 그랬는데 이제 와서 내 반응에 마음을 썼다니 당황할 수밖에 없었다.

"그게 언제였지? 지카 씨가 오사카에 꼭 돌아가야 할 일이 있으니까 밥 좀 해주러 와달라고 부탁한 적 있었잖아."

메이코 씨의 뺨이 살짝 붉었다. 빈 잔에 와인을 따르고 나니 벌써 3분의 1 정도밖에 남아있지 않았다.

"십이월 초였을 거야. 두 번째 항암제가 듣지 않아서 새로운 항암제 허가가 나길 기다리던 때였으니까."

"기요코 씨가 숨 쉬는 게 힘들어 보여서 누워 있으라고 했는데도 내가 요리하는 동안 계속 그 소파에 앉아있었어. 그리고 갑자기 만약 자기가 죽으면 지카 아버지가 찾아올지도 모르니까 조심해달라는 거야. 내가 알았다고 했더니, 지카에게 감사한다고, 이렇게까지 자신을 돌봐줄지 몰랐다며, 눈에 눈물이 그득해서는."

"오버야. 그 정도는 누구나 해. 달리 가족도 없고."

그때 일을 떠올리며 메이코 씨마저 눈에 눈물이 고이는 것을 보고 되도록 무뚝뚝하게 대답했다. 메이코 씨는 개의치 않고 이야기를 계속했다.

"기요코 씨는 지카에게 미안하다고 늘 얘기했거든. 내가 이 집에 왔을 때 지카 씨는 거의 집에 들르지 않았잖아. 기요코 씨도 와주길 바라면 그렇다고 말을 하면 좋을 텐데 안 하니까, 친딸인데 왜 그렇게 눈치를 보냐고 내가 말한 적도 있어."

"눈치를 본 게 아니야." 하고 작은 목소리로 반론하자, 메이코 씨가 말을 멈췄고 갈색빛이 감도는 눈동자는 내게 향했다. 무슨 말이든 해야 한다고 생각했다. 하지만 무슨 말을 해야 할지 정리가 되지 않아서 농담으로 얼버무렸다.

"하지만 엄마가 남자 보는 눈이 없었던 건 분명해."

메이코 씨가 안심한 듯 웃으면서 남은 스테이크를 입에 넣었다.

"기요코 씨와 자주 얘기했었어. '우리가 남자 보는 눈이 없는 건 아버지라는 존재를 몰랐기 때문이 아닐까' 하고"

기침이 나오려고 해서 고개를 들었다. 아버지를 모르는 사람이 나까지 난폭하게 하나로 싸잡는 것 같아 목소리에 불쾌함이 묻어나왔다.

"아버지가 있건 없건 남자를 보는 눈이 있는 사람은 있고 없는 사람은 없는 거지."

"하지만 기요코 씨가 말했어. '아버지가 없는 집에서 자라다 보니 여자라고 꼭 참아야 할 필요는 없다는 이상을 너무 믿어버린 건 아닐까'라고."

"엄마는 그럴지도 모르지만…"

엄마가 '우리'라는 표현을 쓰지는 않았을 것이다. 엄마는 싸잡아서 동급 취급받는 것을 무엇보다 싫어했으니까. 생물학적인 부친이 옆에 없었다는 이유만으로 할아버지가 아버지의 역할을 대신했던 메이코 씨와, 아버지를 여의고 어머니와 둘이서 살아온 엄마, 그리고 동생의 아버지가 드나드는 집에서 자란 나를 동일시할 리가 없다.

아마도 마사나오 씨의 일로 심신이 약해진 메이코 씨가 엄마에 대한 동료 의식을 느끼게 되면서 '우리'라고 말했을 터이다.

메이코 씨가 엄마에게 남자를 보는 눈이 없다는 말을 자꾸 하자, '당신도 남의 말 할 처지는 아니지.'라고 엄마가 되받아 친 적은 있었을지 모르지만.

그러고 보니 이런 일이 있었다. 엄마의 병을 알기 2년 정도 전의 일이다.

오사카에 있던 나는 일 때문에 엄마의 집에 머무르러 와 있었다.

그 당시 엄마는 집을 대대적으로 개축하는 중이어서 객실에서 생활하고 있었다. 유카와 씨가 집을 나간 후 그가 서재로 사용하던 방을 화실로 바꾸고, 이전에 화실로 사용하던 서쪽 방을 과감하게 허물어버린다는 계획이었다. 그렇게 하면 거실에도 화실에도 햇빛이 훨씬 많이 들어오게 된다.

원래는 좀 더 일찍 시작할 생각이었지만 하필 대지진과

겹치면서 도쿄도 어떻게 될지 모르는 상태인데다가 피해지 재건이 시급한 시기에 개축공사를 한다는 것이 마음에 걸려서 공사를 미루고 있었다.

미니 주방을 가설한 창고 방과 객실만 사용할 수 있는 상황이라서 안 그래도 비좁은 공간에 내 짐까지 옮겨놓자 발 디딜 틈도 없다. 하지만 엄마가 자는 방에서 지내는 것은 어렸을 때 이후 처음이라서 왠지 들뜬 기분이었다.

저녁 식사 후에 보고 있던 영화가 끝나고 DVD를 꺼낼 때였다. 갑자기 엄마가 말했다.

"있지, 말해둬야 할 게 있어."

긴장된 목소리에 몸이 굳었지만 되도록 그렇게 보이지 않으려고 미소를 지었다.

"새삼스럽게 뭔데?"

DVD를 케이스에 넣어 테이블에 올린 후 침대 끝에 앉았다. 객실의 소파침대가 공사 중에는 계속 침대 상태로 있었다.

엄마는 하염없이 카펫 무늬만 노려보고 있다.

"음, 네가 이 얘기를 들으면 충격을 받을지도 모르겠지만…"

"뭔데? 아, 잠깐만. 맥주 하나 더 마실래."

창고 방에는 내가 사용할 이불 외에도 냉장고와 전기밥솥도 옮겨져 있었다. 냉장고에서 맥주를 꺼내 한 모금 마셨다. 그리고 객실로 돌아와서 웃음 띤 목소리로 "얘기하세요." 하고 말하고는 침대 위로 올라가 벽에 기댄 채 다리를 뻗었다. 엄마는 나의 큰 발을 응시하더니 조심스럽게 이야기를 시작했다.

"네가 어린이집에 다닐 때 아버지가 무단으로 너를 데려간 적이 있었잖아."

"아, 그 얘기. 동물원에 데려갔었지? 기억은 안 나지만."

"맞아. 나중에 내가 어린이집에 갔을 때 네가 없어서 제정신이 아니었어. 아무리 아빠라고 한다고 해도 이혼한 걸 알면서 왜 내게 묻지도 않고 딸을 보냈느냐고 화를 냈지만 이미 벌어진 일인데 어쩌겠어. 주변을 돌아다녔지만 찾지 못하고 결국 계단에서 계속 기다리고 있었어. 앞으로 한 시간, 앞으로 십 분만 더 기다려보고 안 오면 경찰에 신고하겠다고 생각하면서. 어둑어둑해졌을 즈음 그 사람이 너를 데리고 돌아왔어. …난 계단을 뛰어 내려갔고 그대로 길거리에서 싸웠지. …그때 넌 계단을 내려오는 나랑 부딪쳐서 계단에 머리를 찧었다고 했지만, 사실은 아니야. 넌 계단에 머리를 부딪히지 않았어. …사실은 내가 네 아버지 뺨을 때렸어. 그것을 본 충격으로 너는 머리를 부딪혔다고 착각한 거야."

"응, 그건 알고 있어. 그래서?"

어떤 충격적인 고백이 나올지 긴장했다.

"아니, 그게 전부야. 내가 이 얘기를 했었어?"

몸의 힘이 빠졌다.

"했었지, 이미."

오히려 엄마가 그것을 기억 못 하는 것이 두려워서 목소리가 무뚝뚝해졌다.

그랬구나, 하며 엄마는 혼자 웃음을 터뜨렸다.

"그 이후에 네가 딱 한 번 내게 말했어. 다음날이었던가. 손을 잡고 걷다가 공원 앞 신호등에서 멈췄을 때 나를 올려다보며 '아버지가 또 가자고 했어.'라고. '그래, 잘 됐네.' 하고 나름 웃으면서 대답했는데, 그 이후 너는 한 번도 아빠 이야기를 안 했어. 역시 뭔가를 느꼈던 거야. 그 마음을 생각하면 너무 가여워서."

"단순히 잊은 거야. 내게 아버지는 현실감이 없잖아."

그 말에 엄마가 기쁜 듯 웃어서 안심했다.

그 아버지에게 부의금이 도착한 것은 엄마가 돌아가신 후 나흘째 되는 아침이었다.

하얀 하늘에서는 당장이라도 눈이 내릴 듯한 추운 아침.

그전까지 부작용은 거의 없었는데 세 번째 항암제 치료 후 엄마는 폐렴 증상을 보였고 순식간에 상태가 악화되어 숨을 거두었다. 너무 급작스러운 전개에 내 마음이 따라가질 못했고 장례식을 일주일 뒤로 미뤄서 마지막 나날을 천천히 보내고 싶었다. 조용하고 풍요로운 날들이었다. 첫날, 둘째 날은 그래도 장례에 대한 합의와 계속해서 찾아오는 손님을 상대하느라 정신을 차릴 틈도 없었지만, 나흘째가 되자 손님도 거의 없었고 계속 옆에 있어 주던 메이코 씨도 그날은 집에 일이 있어서 오지 못했다. 나는 혼자서 세수도 하지 않고 한 손에 커피를 든 채 신문을 읽고 피곤해지면 엄마의 그림을 바라보며 시간을 보냈다.

"등기입니다."라는 우편배달부의 말에 봉투를 보니 아버지의 이름이 적혀있었다.

원래 부의금은 받지 않기로 해서 등기우편으로 온 부의금은 간단한 메모를 첨부해서 되돌려 보내고 있었다. 하지만 아버지가 보낸 그 등기만큼은 수령 거부로 해서 우편배달부에게 돌려보냈다.

그로부터 이틀 뒤에는 쓰야* 대신에 친한 사람들끼리 모여 술자리를 갖기로 약속되어 있었다. 그리고 다른 방문객보다 2시간 정도 일찍 온 메이코 씨에게 아버지가 보낸 등기 이야기를 했다.

메이코 씨는 양손에 슈퍼마켓의 흰색 비닐봉지를 든 채 "역시 왔어?" 하고 소리쳤다.

"기요코 씨가 걱정했었어. 만약 자신이 죽으면 지카의 아버지가 올 거라고. 지카가 만나면 쉽게 설득당할 테니까 조심해달라고 했어."

"괜찮아. 수령 거부로 해서 돌려보냈으니까."

그렇게 말하면서 메이코 씨에게 건네받은 비닐봉지를 주방으로 옮겼다. 메이코 씨가 식탁에 자신의 가방을 놓고 따라 들어온다.

"하지만 그러다가 본인이 직접 오면?"

"투병 중이라고 하니까 찾아오지는 않을 거야."

"어떻게 알아?"

"전에 오랜 지인이라는 사람에게 메시지가 왔는데 아버지 병문안을 가달라고 부탁했거든. 거절했지만."

---

* 고인의 유해를 지키며 하룻밤을 보내는 장례 의식

메이코 씨는 걱정스러운 듯 미간을 찡그렸다.

"나도 그 얘기 들은 적 있어. 대체 왜 그러는 걸까."

"사람들이 부녀상봉이라는 감동 드라마를 보고 싶은 거야. 아버지 자신도. 텔레비전을 너무 봤어."

"자신은 기억이 있겠지만 아무 기억도 없는 상대방에게는 타인이랑 매한가지라는 사실을 왜 모를까."

엄마의 관이 놓인 방을 환기하면서 메이코 씨가 눈살을 찌푸렸다.

그날 메이코 씨는 밝은 핑크색 스웨터를 입고 있었다. 쓰야를 대신하는 술자리였지만 상복은 금지라고 말해두었다. 관 머리맡에는 빨간 장미 꽃다발을 올려두었다. 원래는 장례식장에 보내온 조화와 섞으려고 샀지만 그렇게 하면 홍백*이 된다고 해서 제지당했다. 들어온 조화는 전부 명찰을 떼어냈고, 관에는 금색 자수가 들어간 오렌지색 스카프를 덮었다. 나도 메이코 씨도 그 장례식답지 않은 방이 마음에 들었다.

다이키가 죽은 후 살짝 미소만 지었을 뿐인데도 아이를 잃은 엄마답지 않다는 말을 듣자 항의의 표시로 엄마는 일

---

* 빨간색과 흰색의 조합에는 축하의 의미가 있다.

부러 빨간 립스틱을 발랐다.

그래서 형식에서 벗어날수록 엄마가 기뻐할 것 같은 생각이 들었다.

장례식답지 않은 방에서 장례식답지 않은 옷차림을 한 나와 메이코 씨는 분명히 동지였다. 아버지가 없다는 이유 하나로 동일시할 수는 없다. 하지만 뭔가 같은 상대를 대상으로 싸우고 있다는 그런 느낌.

"기요코 씨는 지카 씨의 아버지를 무서워했어."

메이코 씨와 둘이서 엄마의 생일 축하 파티를 했던 날, 스테이크를 잘게 썰며 진지한 목소리로 말하는 메이코 씨에게 나는 또 다른 새로운 공을 던져보고 싶어졌다.

"하지만 지독하다는 의미에서는 다이키의 아버지도 만만치 않아. 내가 자고 있을 때 몸을 만지려고 한 적도 있는 걸."

스테이크를 입에 넣으면서 별일 아니라는 듯 말해보았다.

메이코 씨가 손을 멈추고 눈을 크게 뜬다.

"그거 기요코 씨도 알아?"

"모를걸? 말 안 했어." 나는 빠르게 대답했다.

"그랬다면 다행이네. 그 말을 들었으면 기요코 씨 충격받았을 거야."

그렇게 말하고 메이코 씨는 다시 손을 움직이기 시작했다.

팽팽한 긴장감이 메이코 씨의 몸에서 전해졌다.

"다행이라고?"

메이코 씨가 당황하며 그런 뜻이 아니라고 변명한다.

나는 오로지 입속의 고기만 씹고 있었다. 맛은 느껴지지 않았다.

꿈속 엄마의 팔에서 느꼈던 감촉을 떠올린다. 하얗고 부드러운 팔.

그 팔을 만지는 것에 혐오감을 느낀 시기가 있었다는 사실을 다시 멍하니 떠올린다.

4

뱃고동 같은 소리가 멀리서부터 울렸다.

깊은 물속에서 떠오르듯 천천히 눈을 떴다. 어느새 다시
잠들었던 모양이다.

그 소리는 코지냐에서 식사 준비가 끝나면 부는 뿔피리
소리였다. 그 소리에 사냥개들이 덩달아 짖는 소리도 멀리
서 들린다. 식사 때는 뿔피리를 불어서 알려준다는 말을 듣
고 게스트하우스까지 안 들리는 것은 아닐까 걱정했지만
그 소리는 또렷하게 들렸고, 더구나 그냥 자려고 하면 무시
할 수 있을 만큼 부드러운 음색이었다.

밖은 아직 어두웠다. 다시 눈을 감고 이불을 끌어올린
후 몸을 뒤척인다. 수면 가까이로 올랐다가 가라앉듯이 잠

속에 머무르려고 했다.

메이코 씨가 일어나 방을 나갔다. 문이 닫히는 소리에 잠을 포기하고 일어나 안경을 쓰고 휴대폰을 보았다. 버튼을 누르자 화면에 6시 30분이 표시되었다. 화장실에 가려고 채비를 하고 있자 메이코 씨가 돌아왔다.

"좋은 아침." 하고 서로 인사를 나눈 후 번갈아 화장실에 갔다.

방으로 돌아오자 이미 채비를 끝낸 메이코 씨가 침대에 앉아서 기다리고 있었다.

"잘 잤어?"

"응, 뭐." 애매하게 대답하면서 서둘러 옷을 갈아입었다.

"난 밤중에 한 번 깼어. 요즘에는 매일 세 시 정도가 되면 등이 아파서 잠이 깨거든."

메이코 씨는 피곤한 목소리로 말하고는 두 팔을 위로 올려 기지개를 켰다.

밖으로 나오자 날이 밝기 시작하고 있었다. 숲 너머에서 쏟아지는 금빛 햇살이 파랑 일색이었던 공기에 꽂혔다. 세상이 섬세한 모자이크 그림처럼 보였다. 어제 차를 세웠던 광장으로 나갔다. 광장의 흙은 붉고 모래처럼 사각거려서 걷기가 힘들었다. 군데군데 잔디밭도 있지만 마른 모래 위에서는 그 힘을 빼앗기고 있는 듯했다. 광장을 둘러싸듯 몇 개의 건물이 보였다. 하얀 벽의 작은 건물은 사람들의 집일 터였다. 사람들이 듬성듬성 집에서 나와 코지냐 쪽으로 걸어갔다.

코지냐 앞에 도착하자 농장으로 가는 사람들을 짐칸에 태운 트랙터가 출발하려던 참이었다. 젊은 사람들이 도시로 나가면서 농장 관리가 힘들어지자 최근 몇 년 동안은 카마라다*라고 부르는 노동자 몇 가족을 고용하고 있다고 들었다. 거기에다 오늘은 일본에서 온 백패커 여행자들도 있었다.

메이코 씨의 남편 마사나오 씨도 그런 백패커 중 한 사람이었다. 비자 유효기간인 3개월이 되면 이웃한 볼리비아에 새 비자를 받으러 간다. 그리고 다시 돌아와서 3개월을 지내는 식으로 1년 정도를 머물렀다고 한다.

트랙터 운전석에 요이치 씨가 있었고 메이코 씨가 손을 흔들자 웃으며 손을 들어 보였다.

트랙터가 완전히 사라질 때까지 기다렸다가 코지냐의 육중한 미닫이문을 열었다. 중앙 테이블에 아침 식사가 놓여

---

*   camarada

있다. 천천히 살펴보고 싶었지만 메이코 씨가 음식에는 눈
길도 주지 않고 어제 저녁을 먹었던 테이블 쪽으로 걸어가
서 나도 뒤를 쫓는다.

그 테이블에는 한 여성이 아침 식사를 하고 있었다.

"언니 에쓰코."

에쓰코 씨는 셋째 딸로 위에서 네 번째 형제라고 들었다.

"지카입니다." 하고 황급히 인사하자 빵에 버터를 바르고
있던 에쓰코 씨가 동그란 얼굴을 들었다. 웃음기 하나 없는
표정에 겁이 덜컥 난다.

"그거, 모르는 부분은 안 써도 되는 거지?"

에쓰코 씨가 눈살을 찌푸리며 메이코 씨를 노려본다. 무
엇을 말하는지는 바로 알 수 있었다. 어제 메이코 씨가 건
넨 귀화 신청 서류이다.

"괜찮을걸? 잘은 모르지만."

메이코 씨의 애매한 대답에 에쓰코 씨가 짜증을 냈다.

"이렇게 갑자기 쓰라고 하면 내가 어떻게 알아. 출생증명
서도 관공서에 가서 신청해야 하잖아. 신청 비용도 비싼데
다가 네가 있는 동안에 나올지 안 나올지도 몰라. 넌 여기
에 얼마나 있을 건데?"

일주일은 있을 예정이라고 대답하는 메이코 씨의 얼굴을

66

훔쳐본다. 이 정도는 늘 있는 일인지 메이코 씨는 웃는 얼굴로 "미안, 관공서에는 내가 갈게. 부탁해." 하며 계속해서 사과를 하고 있다. 얼마 후 한차례 퍼붓고 나니 기분이 풀어졌는지 에쓰코 씨가 다시 남은 빵을 먹기 시작했고 우리는 간신히 그곳에서 벗어났다.

중앙 테이블에 놓인 음식은 상상 이상으로 진수성찬이었다. 직접 만든 빵과 이곳에서 자란 채소와 달걀, 수제 치즈와 요구르트, 다양한 종류의 잼. 양은 주전자에는 설탕이 들어간 커피와 무설탕 커피, 그리고 따뜻한 우유가 각각 담겨있었다.

미닫이문 옆에 놓인 풍로에 숯불이 들어있고 거기에서 빵을 굽는다. 손에 불을 쬐면서 빵이 구워지기를 기다리는 동안 아침 식사에 대한 찬사를 보내자 메이코 씨가 "지금의 산은 좋네. 예전하고는 전혀 달라." 하고 중얼거렸다.

메이코 씨는 제2차 세계대전에서 일본이 패전하고 10년 후에 태어났다. 10년이면 꽤 오랜 시간이지만 종전 직후에 일본의 승리를 의심하지 않았던 사람들 일부가 패전을 인정하자고 주장하는 동포를 학살하는 사건을 일으킨 이래, 브라질의 일본계 사회인 콜로니아는 분열되었고 혼란이 지속되었다. 게다가 전쟁 중 사회에서 배척되어 농장에 모여

있던 일본인들이 전쟁이 끝남과 동시에 농장을 떠나면서 그 인구는 급격하게 줄어 도산했다고 한다. 메이코 씨가 태어난 때는 그 도산으로 인해 농장이 분열된 직후라고 하니, 그때까지도 여전히 사람들은 전쟁에 농락당하고 있었다고 볼 수 있다.

예전에 메이코 씨의 집에서 사진을 본 적이 있었다.

농장이 창설되었을 무렵의 흑백 사진. 사진의 오른쪽 밑에는 1929년이라고 적혀있었다. 가운데에서 하얀 치아를 보이며 웃고 있는 이가 농장을 창설한 고즈키 이사오. 강속구 투수였다는 말처럼 검게 그을린 팔뚝은 두껍고 어깨와 가슴도 두툼하다. 그 옆에서 작은 아이를 무릎에 올리고 있는 이는 고즈키 씨의 아내이고, 안쪽에서 커다란 배를 감싸 안고 있는 이가 메이코 씨를 키워준 법적 모친인 도시 씨. 법적으로 부친인 겐이치로 씨는 고즈키 부부 옆에서 긴 다리를 내뻗은 채 눈이 부신 듯 실눈을 뜨고 있다. 그 모습에는 배우 같은 화려함이 있다. 오페라를 좋아했던 겐이치로 씨는 모임이 있을 때면 사람들의 요청으로 자주 노래를 불렀다고 한다.

"아버지는 군인 집안에서 자랐는데 사관학교에 들어가기 전에 일 년 동안만 하고 싶은 일을 하게 해달라고 졸라서 이탈리아로 유학을 갔대. 거기에서 오페라를 공부한 거야. 전쟁이 격렬해지자 돌아오라고 했지만 충동적으로 브라질 이민선에 뛰어들었다나 봐. 업라이트 피아노 한 대와 삼백 장의 레코드만 들고. 그 배에 우연히 고즈키 씨랑 엄마가 타고 있었던 거야. 정말 막무가내라니까."

메이코 씨는 어이없다는 듯 웃었지만 조금 자랑스러워하는 표정이었다.

하지만 가만히 생각해 보면 일본에서 떠난 이민선이 이탈리아에 기항한다니 있을 수 없는 일이다. 분명 고베에서 출발한 이민선은 아프리카의 케이프타운을 경유해서 남쪽으로 돌아 브라질로 갔을 터이다. 게다가 업라이트 피아노와 삼백 장의 레코드는 혼자 감당할 수 있는 짐이 아니다. 그런 짐을 들고 충동적으로 배에 뛰어들었다니 불가능한 이야기다. 작가로서의 직업병이 발동해서 조사해 보니 당시 이민을 지원했던 개신교계 단체의 기록에 겐이치로 씨의 도선 기록이 남아있었다. 겐이치로 씨는 도쿄의 대학에 진학한 후 개신교계 단체의 일원으로서 홀로 브라질로 건너갔다. 1928년의 몬테비데오마루가 겐이치로 씨가 탔던 배의 이름이었다. 고즈키 씨는 겐이치로 씨보다 2년 먼저 브라질로 갔기 때문에 두 사람이 배에서 만났다는 것도 사실과 다르다.

"겐이치로 씨의 도선 기록이 남아있어. 분명히 고베에서 이민선을 탔어."

내가 그렇게 전하자, "그랬어?" 하고 메이코 씨는 조금 실망한 목소리로 말했다.

"그렇게 추억이 많은 것도 아니야. 공동 경영하는 농장이었으니까 가족끼리 시간을 보내는 일은 거의 없었고, 주로 형제들과 같이 있었거든."

메이코 씨가 조금 난처한 듯 눈썹 끝을 내렸다.

"내가 어렸을 때 아버지는 이미 오전 중에는 탈곡 일을 조금 한 후에는 방에서 카이피리냐를 마시면서 오페라 레코드를 듣는 생활이었어. 마지막에는 식사 시간 외에는 계속 방에만 계셨고. 알코올성 당뇨로 한쪽 다리를 잃기도 했지만 산의 일에 관여하고 싶지 않았던 건지도 모르지.

어렸을 때 학교에서 구슬치기가 유행한 적이 있었어. 구멍을 파고 거기에 구슬을 넣는 놀이인데 규칙은 이미 까먹었지만. 일본의 방식과는 조금 달랐어. 산에 돌아와서도 그 놀이를 하고 있자 고즈키 씨가 코쟁이 흉내 내지 말라며 화를 냈어. 코쟁이라는 말은 몰랐지만 왠지 외국인을 나쁘게 표현하는 말이라고 생각했어. 그래서 난 아버지에게 물

70

어봤어. 코쟁이가 무슨 뜻이냐고. 그랬더니 외국인을 말하는 건데, 이 나라에서는 우리가 외국인이라고 하길래 나도 모르게 말해버렸어. 고즈키 씨가 코쟁이 흉내를 내지 말라고 했는데 틀린 말 아니냐고. 아버지는 생각에 잠기더니 그대로 침묵했어. 고즈키 씨에게는 말하지 않았을 거야. 엄마가 자주 말했거든. 당신은 비겁하다고."

그렇게 말하고 메이코 씨는 침묵했다.

식사 후 메이코 씨는 에쓰코 씨의 남편을 따라 차를 타고 관공서로 향했고 나 혼자 산에 남았다.

설거지를 도운 후 밖으로 나가자 부드러운 바람이 불고 있었다. 깊이 숨을 들이마신다.

아이들이 외부 복도에서 놀고 있었다. 여섯 살 정도의 단발머리 여자아이가 어디를 지나왔는지 분홍색 바지에 대청가시풀이라는 식물의 씨를 잔뜩 붙인 채 다가와서는 불쑥 말했다.

"언니, 떼어줘."

나도 모르게 주위를 둘러보았지만 다른 사람은 없었다.

"나?"

"따끔따끔해, 빨리 떼어줘."

여자아이는 몸을 비틀어 바지 뒤쪽으로 손을 뻗고 있다.

여자아이 옆에 쭈그리고 앉아서 바지에 붙은 가시풀을 떼어주자 고마워, 하고는 달려갔다.

다른 사람으로 착각했다고 밖에 생각할 수 없는 친근함에 멍하니 있는데, 이번에는 네 살 정도의 남자아이가 다가와서는 나를 올려다본다.

"산책 가자."

"뭐? 아, 그래…"

코지냐 안에서 우리를 보고 있던 아까의 여자아이가 큰 소리로 외쳤다.

"안 돼! 언니는 내가 안내할 거야."

남자아이는 그 소리에 아랑곳하지 않고 여자아이를 보고 있던 내 손을 잡고 재빨리 걷기 시작했다. 여자아이는 쫓아오지는 않는다. 아이의 조그마한 손의 감촉에 마음이 들뜬다. 내가 이름을 말하자 남자아이는 '지카, 지카' 하고 몇 번인가 반복해서 중얼거린 후 '가즈'라고 자신의 이름을 가르쳐주었다.

"어디 가는 거야?" 내가 묻자 가즈는 앞을 향한 채 말했다.

"돼지우리."

"아, 밭 뒤에 있지? 아까 들었어."

"거기는 꼭 어른이랑 같이 가야 된대."

"왜?"

"전갈이 있어서."

나도 모르게 숨을 삼키고 발걸음을 멈췄다. 가즈가 돌아서서 의아한 듯 나를 응시했다.

가즈는 맨발이었다.

"거기에 안 가는 게 좋지 않을까?"

당황해서 말했다. 나는 그 어른의 역할을 할 수 없다.

"괜찮아, 괜찮아."

가즈는 나를 남겨두고 재빨리 걷기 시작했다. "잠깐 기다려!" 하는 목소리가 갈라진다. 가즈의 뒷모습에 다이키가 겹쳐져 현기증이 인다. 가즈는 성큼성큼 걸어갔다. 나는 가즈에게 달려가 다시 나란히 걷기 시작했다. 마음을 다잡고 손을 뻗어 가즈의 조그마한 손을 꼭 쥐었다.

짙은 녹음 속을 빠져나가는 좁은 길은 해가 닿지 않아 습했다. 아무도 손을 댄 적이 없는 원시림처럼 보이지만 아마도 그렇지 않을 것이다. 사탕수수와 커피의 재식농업을 위한 개척이 수백 년이나 이어진 이 주변에는 원시림이 남아있지 않다고 들었다. 지면에 쌓인 가랑잎은 흙에 녹아들어 밟을 때마다 달콤한 냄새가 났다. 이 가랑잎 밑에 전갈이 있으면 어떻게 해야 할까. 이 아이를 안아 올리기만 하면 되는 걸까. 그렇다면 처음부터 안고 가는 편이 낫지 않을까. 하지만 아이에 익숙하지 않은 나로서는 어디를 어떻게 안아야 할지 전혀 알 수 없었다. 온몸을 긴장한 채 가랑잎으로 덮인 지면을 응시하며 걸었다. 전갈의 크기도 색깔도 전혀 모르는 상태에서 아이가 밟기 전에 먼저 찾아낼 자신이 없었다.

왼쪽 시야 끝에서 무언가가 움직였다. 나도 모르게 비명을 지르며 멈춰 섰다.

"나비잖아." 가즈가 황당하다는 표정으로 나를 올려다본다.

미안, 하고 웃어 보였다. 가즈는 웃지도 않고 내 손을 놓으며 등을 돌린 채 걷기 시작했다.

도시 태생의 겁쟁이인 자신이 부끄러워져 아이의 뒤를 터덜터덜 따라갔다.

즐거웠던 기분은 완전히 사라졌다.

좁은 길을 내려가니 막다른 곳에 돼지우리가 있었고 그 너머로 돼지 사료와 청소도구를 보관하는 창고가 있었다. 창고 옆에는 고장 난 농기구가 방치되어 있다. 제법 공간이 넓게 펼쳐져 있는데도 울창한 숲에 막혀 햇볕이 들지 않아 유난히 어두웠다. 땅 위에 쌓인 가랑잎은 완전히 발효해서

축축한 흙으로 변해있었고 습한 흙과 가축 냄새가 코를 찔
렀다. 돼지들이 흥분해서 비명을 질러대며 우리 안에서 날
뛰고 있다. 안을 들여다보려고 하면 돼지들이 문을 부수고
뛰쳐나올 것 같아서 다가가지 못한다.

그곳은 가즈의 작은 가슴을 뛰게 하는 신비한 세계일지
도 모른다.

그런데도 나는 가즈와 함께 신비한 세계로 들어가지도
못하고 그저 가즈가 다치지는 않을까 마음만 졸이고 있었
다. 가즈는 안절부절못하면서 그곳을 떠나고 싶어 하는 나
를 힐끔거리면서 창고 안을 들여다보기도 하고 농기구를
들춰보기도 했지만 결국 포기한 듯 왔던 길을 되돌아가기
시작했다. 나는 가즈 뒤를 쫓아갔지만 더 이상 아무 말도
할 수 없었다. 쓸쓸함보다 안도감이 컸다. 코지냐가 시야에
들어오자 가즈는 뒤도 돌아보지 않고 아이들 속으로 달려
갔다.

조금 전까지의 어둠이 거짓말처럼 태양이 환하게 비추고
있다.

사람들 속으로 돌아갈 기분이 들지 않아서 그대로 코지
냐 앞을 지나쳐 게스트하우스가 있는 군락을 빠져나가 환
한 활엽수 숲속을 홀로 걸었다. 가랑잎이 건조한 소리를 낸

다. 누군가가 피아노를 치고 있다. 도서실로 이용되는 단층 건물 입구에 그랜드 피아노가 보였다. 피아노를 치는 사람의 모습은 보이지 않는다. 무슨 곡일까. 바흐의 곡 같지만 제목은 모른다.

어렸을 때 피아노를 배운 적이 있다. 엄마가 가끔 기분 전환으로 피아노를 치는 모습이 멋있어 보여서 스스로 배우고 싶다고 말했다. 하지만 매일 반복되는 단조로운 연습이 지겨웠고 틀릴 때마다 손등을 때리는 선생님도 싫었다. 어느 날 피아노 교실에 간다고 하고는 레슨을 빼먹고 다른 데로 갔다. 피아노 레슨이 끝날 시간 즈음에 집으로 돌아가자, 엄마가 유모차에 다이키를 태운 채 나를 찾아다니고 있었다. 피아노 선생님이 내가 학원에 오지 않았다고 전화를 했다고 한다. 그길로 나는 피아노를 그만두었다. 지금도 피아노 소리를 들으면 동경과 패배감이 뒤섞인 감정에 휩싸인다.

그러고 보니 메이코 씨도 산에서 피아노를 배웠다고 했다. 매년 크리스마스에 사람들 앞에서 피아노를 쳐야 하는 것이 견딜 수 없게 싫었다고.

메이코 씨에게 피아노를 가르쳐준 사람은 농장의 젊은 여성이었다. 고즈키 씨가 좋아했던 여성. 아직 어린아이였던 메이코 씨조차 그 사실을 알고 있었다. 그녀가 누군가와 연애를 하게 되면 그 상대 남성은 농장을 나가게 된다. 무슨 일이 일어났는지는 모른다. 아무도 그 일을 언급하려고 하지 않았다. 그 여성은 언제까지나 독신이었다고 한다.

아무리 시간이 흘러도 기억이 나는 걸, 하고 메이코 씨가 중얼거린다.

다이키가 죽은 후 엄마와 둘이서 다이키의 아버지가 사는 히로시마에 머문 적이 있었다. 이제 막 중학교에 들어갔을 무렵이다. 의약품 회사 연구원이었던 다이키의 아버지는 멋진 연구실이 있었고 넓은 사택에서 혼자 살고 있었다. 따로 처자식이 있는 사람이어서 이미 관계는 끝났는데도 다이키가 죽은 후 잃어버린 존재에 이끌리듯 엄마 앞에 나타나게 되었다. 깊은 밤, 나는 혼자 거실에서 자고 있었다. 인기척에 잠이 깼다. 하지만 눈을 뜰 수가 없었다. 바로 옆에 누군가가 있다. 쭈그리고 앉아서 자는 나를 내려다보고 있었다. 그대로 자는 척하자 그의 손이 내 잠옷에 닿았다. 맨 아래 단추를 풀었다. 숨소리가 귀에 울렸다. 나는 더 이상 참지 못하고 몸을 뒤척였다. 단추를 풀고 있던 손이 스르륵 물러나고 발소리가 멀어져 갔다. 침실 미닫이문이 열리고 닫히는 소리를 듣고서야 눈을 떴다. 주변은 푸른 물속에 잠긴 듯 보였다. 다음날부터 나는 베개 밑에 접이식 우산을 숨겨두고 잤다.

갑자기 피아노 소리가 끊겼다. 현실로 돌아와 다시 걷기 시작한다.

숲 끝까지 가서 왼쪽으로 돌자 좁은 자갈길로 바뀌고 길 오른쪽에 농업 용구를 두기 위한, 거의 기둥과 지붕만 있는 창고와 비닐하우스가 나타났다. 그 뒤로는 밭이 펼쳐져 있다. 이곳이 농장 사람들의 텃밭인 듯했다. 창고 주변에서 제 편한 대로 쉬고 있던 고양이 중 한 마리가 고개를 들자 이를 신호로 일제히 창고 안으로 들어갔다. 아마도 밥시간인 듯했다.

창고 안에서 사료를 주고 있던 이는 에쓰코 씨였다.

에쓰코 씨가 나를 발견하고는 다가왔다.

"아까 전화가 왔는데 출생증명서는 목요일까지 된대."

"그래요? 다행이네요."

에쓰코 씨는 만족스러운 표정으로 고개를 크게 끄덕였다.

"이치카와 씨에게 물어보니까 모르는 부분은 대충 쓰면 된대. 그 사람은 정확하게 알고 있거든."

에쓰코 씨는 뿌듯해하는 모습이었다. 이치카와 씨는 에쓰코 씨의 남편이다. 이치카와 씨의 느긋한 말투를 떠올리면서 '자신도 그렇게 말했으면 좋았을 걸.' 하고 후회했다.

"자녀 배우자에 대한 것까지 쓰라니, 그걸 어떻게 알아."

"그런 것까지 왜 필요해요?"

"그러니까. 너무 깐깐하지? 출생증명서도 엄청 비싸. 번거롭고 시간도 걸리는데 그냥 떼어달라고 하니 난처하지."

그때의 화가 다시 떠올랐는지 에쓰코 씨의 목소리가 커진다.

"뭐든 해줄 거라고 생각한다니까. 메이코는 그런 면이 있어. 어리광이야. 우리가 일본에 갔을 때는 케이크를 구워서 가져다주기도 했는데 그럴 때 보면 배려심이 있어. 자신이 그러니까 다른 사람도 배려해 줄 거라고 생각하는 거 아닐까?"

에쓰코 씨는 거기까지 단숨에 말하고 코로 숨을 내뿜었다. 절차가 번잡한 것은 메이코 씨 탓이 아닌데 메이코 씨가 조금 가엽다고 생각했다. 내 생각을 눈치챘는지 에쓰코 씨는 창고 앞의 통나무에 앉아 내게 오라고 손짓했다.

"메이코가 이미 귀화했을 거라고 생각했어."

내가 옆에 앉자 에쓰코 씨는 흙 묻은 손을 비비면서 조용히 이야기를 시작했다.

"일본인이랑 결혼해서 벌써 사십 년이나 일본에서 살고

있으니까. 자식도 손자도 일본에 있고. 일본 국적을 갖고 싶은 건 당연하다고 생각해."

"맞아요. 저도 그렇게 생각해요."

"언니나 오빠는 일본 국적을 갖고 있어. 셋째인 가나코까지. 부모님이 일본인이었으니까. 하지만 내가 태어났을 때는 전쟁이 시작되면서 일본과 브라질의 국교가 단절됐고 대사관도 없어져서 출생신고를 하려고 해도 할 수가 없었어. 그래서 나부터는 브라질 국적뿐이야. 메이코가 태어났을 때는 이미 전쟁도 끝나고 국교회복도 됐지만 그때는 또 여러 가지 일들이 있었고 더구나 출생 신고서를 제출하면 일본 국적도 취득할 수 있다는 사실 자체를 잊고 있었을 거야. 그저 그뿐인 일인데 이렇게 엄격하게 하다니 웃기지 않아?"

"그러게요…."

에쓰코 씨가 잠시 숨을 돌린 후 자신 없는 투로 덧붙였다.

"그야, 아무나 받아줬다가는 그것도 문제라는 건 알지만."

"하지만 저도 일본의 귀화 신청이 지나치게 엄격하다고 생각해요."

너무 힘주어 말하는 바람에 목소리가 커졌다. 에쓰코 씨

80

가 조금 놀란 표정으로 나를 보고는 피식 웃었다.

그때 울리고 있던 피아노곡이 바뀌었다. 이번 곡의 전주
는 들은 적이 있다.

나도 모르게 작게 탄성을 지르자 에쓰코 씨가 가르쳐주
었다.

"지금 피아노 치는 사람은 아사코야."

"그래요?"

"다섯 시부터는 내 연습 시간. 자매니까 바쁠 때는 서로
교대해 주기도 하면서 적당히 조절하고 있어."

감탄하면서 피아노 소리에 귀를 기울였다.

고음부터 단숨에 달려 내려오는 그 선율은 엄마가 좋아
하던 곡으로 자주 연주하곤 했었다. 그 뒷모습에는 뭔가 분
노가 느껴져서 좀처럼 말을 걸 수도 없었다.

기분 좋은 바람이 나무들을 흔들며 파도 소리를 낸다.

눈을 감자 하얀 레이스 커튼이 보인다. 마치 숨을 쉬는
것처럼 크게 부풀었다가 다시 가라앉는다.

그랜드 피아노 앞에 놓인 검은 의자에 소녀와 젊은 여성
이 나란히 앉아있다. 소녀는 머리를 짧게 잘랐고 파란 티셔
츠에 반바지를 입고 있어서 남자아이처럼 보인다. 맨발이
대롱대롱 흔들리고 있다. 벌레 물린 곳을 긁어서 생긴 상처

에 딱지가 앉았다. 두 사람은 아무 말도 하지 않는다. 젊은 여성이 이따금씩 악보를 넘긴다. 여성은 빛바랜 청바지에 하얀 블라우스를 입고 긴 머리를 하나로 묶고 있다.

어느새 남자가 들어와서 두 사람 뒤에 선다.

여성의 몸이 긴장한다.

소녀는 그 긴장감을 눈치채지 못한 척 피아노만 계속 친다.

남자는 팔짱을 끼고 턱을 들어 건반을 내려다보고 있다. 밖에서 들어오는 바람이 갑자기 습기를 띤다. 남자가 두 사람 사이로 얼굴을 불쑥 내밀어 악보를 들여다본다. 땀과 흙이 뒤섞인 냄새가 난다. 남자가 여성의 어깨에 팔을 두르고 손을 등에서 가슴으로 옮겼다. 여성은 소녀가 눈치채지 못하도록 몇 번이나 남자의 손을 뿌리치며 몸을 비튼다. 그런데도 남자는 포기하지 않는다. 남자의 숨소리가 귓가에서 울린다.

소녀는 계속 피아노를 친다.

여성이 눈물을 흘리기 시작한다. 여성은 몸을 뻣뻣하게 긴장시킨 채 똑바로 악보를 노려보지만 눈물은 여성의 의지와 무관하게 흘러내리는 듯하다.

남자는 가볍게 혀를 차고는 밖으로 나간다.

소녀는 피아노를 계속 친다. 여성이 울음을 멈출 때까지 힘껏 건반을 두들겼다. 분노가 담긴 피아노 소리가 언제까지고 울린다.

5

사탕수수밭 사이로 난 샛길을 걸어가자 목제 문이 열려
있었다.

문 앞에는 소들이 교배하는 외양간이 있고 그 옆에는 닫
혀있는 두 번째 문이 있다. 이 문이 닫혀있을 때 가는 철사
로 둘러싼 두 개의 문 사이의 공간이 간신히 인간의 것이
된다.

그곳은 드넓은 목장 안이었다.

무리를 지어있는 소 떼 중에는 흑백의 홀스타인종과 짙
은 갈색의 소도 드문드문 보였지만 대부분은 흰 털이었으
며 마르고 등에 혹이 있다.

첫 번째 문을 지나자 두 번째 문 바로 옆에서 늘어진 귀

와 꼬리를 흔들면서 풀을 먹고 있던 소들이 일제히 고개를 들고 내 눈을 응시했다. 이내 아무 일도 없었다는 듯 다시 풀을 먹으면서도 이쪽의 행동 여하에 따라 곧바로 도망갈 수 있도록 긴장하고 있음이 느껴진다.

한 발 앞으로 나아가자 소들은 천천히 몸의 방향을 바꿔 이동했다.

교배용 외양간 옆에 문을 개폐할 때 사용하는 발판이 있었다. 2미터 정도 높이의 발판에 올라가니 훨씬 멀리까지 내다볼 수 있었다.

짙은 하늘이 끝없이 펼쳐져 있고 마른 풀로 뒤덮인 완만한 야산이 길게 이어진다.

저 멀리 수 킬로미터는 떨어져 있을 구아라사이* 마을이 보였고, 그 바로 앞에 커다란 십자가가 있는 묘지가 보인다. 고즈키 농장이 있는 미란도폴리스 마을은 어느 쪽일까. 이웃 마을이라고는 해도 두 마을은 20킬로미터나 떨어져 있어서 어차피 보일 리도 없지만.

"저건 유칼립투스, 그 안쪽은 고무."

내 발아래에서 메이코 씨가 한 손을 눈 위로 올려 햇빛

---

*   Guaracai

85

을 가린 채 다른 손으로 군데군데 보이는 숲을 가리킨다. 그 숲들은 인공적으로 조성된 듯 같은 종류의 나무들이 가지런히 자라있다.

"이 주변은 전부 개척돼서 원시림은 남아있지 않아."

교배용 외양간을 들여다보던 에쓰코 씨가 나를 올려다보며 웃는다.

이곳 메이세이 농장은 고즈키 농장에서 떨어져 나와 만들어진 곳인데 메이코 씨 등도 어렸을 때부터 자주 놀러왔었다고 한다. 구아라사이 마을에 용한 점쟁이가 살고 있어서 지금도 점을 보러 갈 때마다 이곳에 들른다고 한다.

점쟁이에게 가자고 한 사람은 에쓰코 씨였다.

밤에 목욕을 끝낸 후 코지냐에서 차를 마시고 있을 때였다. 최근 들어 밤마다 등이 아파서 잠을 깬다는 이야기를 메이코 씨가 다시 꺼냈다. 도쿄에 있는 병원에서 검사를 했지만 아무런 이상도 없다고 하고 계속 마사지를 받으러 다녔지만 호전될 기미가 없다는 것이다.

에쓰코 씨가 그 이야기를 듣고는 점을 보자고 했다. 가는 김에 메이세이 농장에 들러서 자몽을 따자고, 그곳에 좋은 자몽 나무가 있다며 혼자 들떠있었다. 다음 주에 영국에서 일하고 있는 아들 집에 가는데 자몽 껍질로 과자를 만들어서 가져갈 생각인 듯했다. 내가 "자몽 맛있지요."라고 하자, "일본 거랑은 좀 달라." 하며 에쓰코 씨는 싱긋 웃었다.

그날 아침 구아라사이 마을로 향하는 도중 에쓰코 씨는 운전하면서 계속 딸이 점쟁이의 도움을 받았을 때의 이야기를 했다.

"첫애가 태어난 후에 둘째가 계속 안 생기는 거야. 그래서 점쟁이를 찾아갔더니 반드시 생길 거라고 해서 시키는 대로 했더니 정말로 둘째가 생겼어. 그런데 예정일이 12월 25일이라는 거야. 그건 곤란하다고 했지. 크리스마스에는 사람들도 많이 올 테고 모두 바쁘다고. 그랬더니 선생님이 언제가 좋겠냐고 해서 12월 16일이라고 했어. 베토벤의 생일이거든. 멋지지? 그 아이는 베토벤이랑 같은 날에 태어난 거야. 막 태어났을 때 그 쪼그만 몸이 새빨개지도록 우는데 얼마나 기쁘던지. 정말 감사했어. 그 아이는 많은 사람의 은혜로 태어난 거야. 그래서 은혜 혜* 자를 써서 케이라고 이름을 지어줬지. 지금은 상파울루 시내의 병원 구급센터에서 일하고 있어."

메이세이 농장에 도착한 것은 아침 9시 전이었다. 점쟁

* 惠

이와의 약속까지는 아직 여유가 있었다.

에쓰코 씨는 차에서 내려 농장에 사는 할머니에게 인사한 후 곧바로 농장 안쪽으로 성큼성큼 걸어갔다. 그 뒤를 메이코 씨와 내가 쫓는다.

숲속 샛길로 들어선 에쓰코 씨가 멈춰서 뒤를 돌더니 내 발을 보았다. 내가 튼튼해 보이는 가죽 부츠를 신고 있음을 확인하고는 "괜찮겠네." 하며 바로 샛길에서 나와 수풀 속으로 들어간다. 무엇이 괜찮다는 건지 알 수 없었지만 여하튼 따라가는 수밖에 없었다. 수풀을 빠져나오자 거무스름한 흙 밭의 곁길이 나왔다. 흙이 부드러워서 발이 자꾸 빠져 걷기가 힘들다. 에쓰코 씨는 이미 그 앞의 숲으로 들어서고 있었다. 흰머리가 섞인 흑발을 어깨 높이에서 가지런히 자른 뒷모습을 놓치지 않으려고 필사적으로 다리를 움직였다. 언덕길도 아닌데 숨이 가빠진다. 메이코 씨는 내 바로 뒤에서 혼잣말을 투덜거리면서 숨 한 번 헐떡이지 않고 걸어왔다.

"그쪽에는 소가 있지 않나? 나, 소 무서운데…."

귀에 들어오는 메이코 씨의 혼잣말에 대꾸할 여유도 없이 걷다 보니 철망이 둘러쳐진 곳까지 왔다.

에쓰코 씨가 돌아보며 메이코 씨에게 물었다.

"이거 전류가 흐를까?"

메이코 씨는 모르겠다며 어깨를 으쓱해 보인다. 에쓰코 씨는 조심스럽게 철사를 만져보았다. 아무것도 느껴지지 않았는지 이번에는 철사를 꽉 잡았다. 다음 순간 에쓰코 씨는 짧은 비명을 지르며 손을 놓았다. 그 비명에 놀라 나도 소리를 질렀다. 아주 약하기는 했지만 역시 전류가 흐르고 있는 모양이다. 에쓰코 씨는 부끄러운 듯 웃으면서 어깨를 옴츠리더니 두툼한 나뭇가지를 찾아와서 내게 건네주며 가운데 철사를 나뭇가지로 들어 올리라고 지시했다. 시키는 대로 하자 에쓰코 씨는 몸을 구부려 철사 사이를 통과해서 건너편으로 넘어갔다.

그때 나무들 너머에서 무언가가 움직였다.

커다랗고 하얀 생명체가 나뭇가지를 우지끈 밟으면서 가로지른다. 하얀 털로 덮인 긴 몸을 파도처럼 위아래로 움직이며 나아간다. 등에 솟은 부분이 햇빛을 받아 하얗게 반짝인다.

"거봐, 소가 있잖아!"

메이코 씨가 큰 소리로 외쳤다. 그것은 소 떼였다. 길게 줄지은 소들은 파도처럼 이동해서 이내 시야에서 사라졌다.

"괜찮으니까 빨리 와."

에쓰코 씨가 철사를 나뭇가지로 들어 올리면서 말했다. 메이코 씨 눈치를 보면서 에쓰코 씨가 시키는 대로 철사 사이로 빠져나갔다.

"난 그냥 저기서 기다릴래."

그 말에 돌아보니 메이코 씨는 재빨리 왔던 길을 돌아가고 있었다. 어찌해야 할지 몰라서 에쓰코 씨를 쳐다봤지만 에쓰코 씨는 개의치 않고 "자, 가자." 하며 숲속으로 들어갔다. 나는 잠시 두 사람의 뒷모습을 번갈아 보다가 포기하고 에쓰코 씨의 뒤를 쫓았다.

에쓰코 씨가 찾던 나무는 숲 한쪽에서 가지를 뻗고 있었다.

짙은 초록색 잎 사이에 아이 머리만큼 커다란 노란색 열매가 달려있다.

"봐, 잔뜩 열렸잖아."

에쓰코 씨가 신이 난 듯 말하며 바닥에 떨어진 열매 중에 깨끗한 것을 하나 주워서 내게 건넸다. 양손에 묵직함이 느껴졌다.

"엄청 크네요? 이거 자몽이 아니에요. 자몽은 이보다 작아. 이건 만백유예요, 만백유."

"일본에서의 이름은 몰라. 여기선 다 자몽이라고 불러."

에쓰코 씨는 그렇게 말하고는 휘어진 줄기에 다리를 걸치고 나무를 오르기 시작했다. 가지가 두 갈래로 갈라지자 가로로 뻗은 쪽에 앉아 가느다란 가지 끝으로 손을 뻗는다. 가지가 출렁출렁 흔들린다. 나는 노란색 열매를 양손으로 든 채 마른침을 삼키며 에쓰코 씨의 움직임을 응시했다. 작년까지도 발레를 했었다지만 메이코 씨보다 12살이 많은 에쓰코 씨는 일흔이 넘은 나이였다.

"자, 떨어뜨린다."

그 소리에 들고 있던 열매를 황급히 바닥에 내려놓고 에쓰코 씨가 떨어뜨린 열매를 받았다. 그 과정을 몇 차례 반복한 후 마침내 에쓰코 씨가 나무에서 내려왔다. 에쓰코 씨가 세 개, 내가 두 개의 열매를 품에 안고 왔던 길을 돌아갔다.

"어서 와, 있었어?"

농장 할머니가 웃는 얼굴로 맞이해주었다.

"엄청 많았지. 아까워."

에쓰코 씨는 차 트렁크를 열고 열매를 실었다. "거기까지 가기가 힘드니까 아무도 안 가. 다들 나이가 있으니까."

할머니가 새하얀 치아를 보이며 웃었다. 머리는 이미 완전히 백발이었지만 살갗이 하얘서 할머니라기보다 새하얀 작은 동물을 연상케 했다.

"칼 좀 써도 돼? 이 사람에게 맛 좀 보라고 하게."

"응, 잠깐만."

할머니가 어디선가 칼을 가져다주었다. 두툼한 껍질에 칼집을 넣어 껍질을 벗기자 투명한 속살이 드러난다. 생각보다 수분이 많고 단맛이 강했다. 아무래도 만백유와는 다른 과일인 듯했다. 과즙으로 손이 끈적끈적해진다.

할머니가 "편하게 쉬어."라는 말을 남기고 자리를 떠나자 주위가 갑자기 조용해졌다. 지금도 60명 정도가 생활하고 있는 고즈키 농장과 달리 이 농장에는 이미 15명밖에 남지 않았고 연령층도 훨씬 높다고 한다. 밖에서 뛰어노는 아이들의 모습도, 외부 복도에 모여있는 여행자들의 모습도 보이지 않는다.

그 후 에쓰코 씨는 목초지 안에 있는 이 교배용 외양간에 나를 데리고 와주었다.

바람이 불어 에쓰코 씨가 빌려준 밀짚모자가 날아갈 듯했다. 왼손으로 모자를 누르고 오른손으로 나무 기둥을 붙잡았다. 어제는 차가운 바람이 불어서 무척 추웠다. 오늘도 바람은 조금 있었지만 햇살은 강렬한 힘을 되찾았다.

발판에서 내려와 메이코 씨 옆에 섰다.

"이 시기는 건조해서 자칫하면 화재가 일어나."

메이코 씨가 황금색의 메마른 야산을 응시하며 말했다.

"불기둥에서 불씨가 날아가서 순식간에 퍼지거든."

확실히 바싹 마른 목초는 잘 탈 것 같았다.

"땅콩 가지를 태우는 거야. 예전에 많이 했었지. 땅콩을 수확하고 남은 가지를 모아 밭 곳곳에 산처럼 쌓아서 말린 다음에 횃불로 불을 붙이는데 예정된 날에는 꼭 비가 내리는 거야. 멀리 하늘이 어두워지고 비구름이 다가오면 사람들은 빨리 불을 붙이라고 재촉하는데 그게 참 싫었어. 서두르다가 넘어져서 무릎이 까지고 불꽃에 화상을 입어가면서 밭 가운데를 뛰어다니는 거지. 가지가 비에 젖어버리면 말리는 데 다시 이삼일은 걸리잖아. 그 시간만큼 밭 경작이 늦어져서 다음 수확에 영향을 미치니까. 지금도 더운 여름날에 비구름이 다가오고 젖은 흙과 풀 냄새가 나면 누군가에게 재촉당하는 듯한 불안한 마음이 들어."

그렇구나, 하고 대꾸하면서 목초의 메마른 냄새를 들이마신다.

"고즈키 씨도 화재로 돌아가셨지?"

별생각 없이 말했는데 에쓰코 씨와 메이코 씨가 동시에 돌아보았다. 해서는 안 되는 말을 했나 싶어서 순간 멈칫한다. 고즈키 씨가 화재로 사망한 것은 인터넷으로 검색하면 금방 알 수 있는 일이지만.

"고즈키 씨는 조금 달라. 달걀을 출하하러 갔다가 요정에서 화재를 당한 거니까."

메이코 씨가 목소리를 낮추고 빠르게 말한다.

고즈키 씨가 시내에 나갈 때마다 요정에 게이샤를 불러 관리들을 접대했다는 것은 누구나 아는 이야기였는데 젠이치로 씨 등 간부 남성들도 자주 데리고 갔었다고 한다. 전쟁 중 일본계가 박해를 받던 시대라서 그럴 수밖에 없었다는 것도 이해 못 할 일은 아니지만, 전후에 태어나 공산주의적 이상을 표방한 농장에서 자란 메이코 씨 세대에게 그것은 부패에 지나지 않았다.

그날 고즈키 씨는 농장 청년과 둘이서 시내로 나갔다가 화재를 당했다. 청년은 자력으로 무사히 탈출했다. 메이코 씨가 일본으로 떠난 다음 해의 일이었다.

에쓰코 씨가 그만 가자며 빠르게 걷기 시작했다.

서둘러서 에쓰코 씨에게 달려가 셋이서 나란히 걷는다.

"장례식에서 우는 사람이 한 명도 없었어."

에쓰코 씨가 걸으면서 말했다.

단호한 말투에 내가 놀란 표정을 짓자 에쓰코 씨가 덧붙인다.

"충격을 받은 사람은 많았을 거야. 고즈키 씨는 유명인이었고 열광적으로 추종하는 사람도 있었으니까."

"하지만 그렇게 떠받들어 주는 사람은 일본에서 온 사람들이야. 산 사람 중에 그렇게 생각하는 사람은 없었어. 일본계 콜로니아 내에서는 나쁘게 말하는 사람이 많았으니까."

메이코 씨의 말에 에쓰코 씨는 침묵했다.

마른 소똥을 밟지 않도록 조심히 걸으면서 농장 자료실에서 읽었던 오래된 기록을 떠올렸다. 그곳에는 농장을 창설했던 당시 남성들의 생각이 정리되어 있었다.

[누가 뭐라고 해도 고즈키가 하고 싶은 대로 하게 한다. 무엇을 하든 고즈키의 마음이다.]

[바깥 세계에서는 이곳을 바보들만 모인 곳이라고 하지만, 바보들만 모인 덕에 여기까지 온 것이다. 고즈키는 그 사실을 알고 있다.]

고즈키 씨는 매력적인 사람이었으리라 생각한다. 파격적인 행보로 윗세대의 눈총을 받을수록 단결해가는 청년들의 공기가 전해진다.

하지만 사람은 누구나 나이가 들고 젊은 사람들을 지배

하는 쪽으로 변해간다.

첫 번째 문을 지나 사람 키보다 높게 자란 황금색 사탕수수밭 사이를 걷는다.

메이코 씨는 조금 뒤에서 걸어오면서 내 등 뒤로 이야기를 계속했다.

"한 달에 한 번, 고즈키 씨가 젊은 남자들을 모아놓고 설교하는 시간이 있었어. 자세한 내용은 잘 몰라. 하지만 '너희들 공부 따위 할 생각하지 마.'라는 성난 고함질 소리가 자주 들렸어. 어느 날은 한 남자애가 조금 건방진 말을 한 거야. 고즈키 씨는 그 말이 끝나자마자 책상 위로 펄쩍 뛰어올라 쿵쿵 걸어가서는 그 아이의 얼굴을 걷어찼어. 발길질을 당한 아이는 피를 철철 흘렸고, 고즈키 씨 동생이 끼어들어 말렸지. 그런데 맞은 사람은 남자아이뿐만이 아니야. 산에서 도망가려고 하면 여자아이라도 끌고 와서 때렸어. 에쓰코 언니도 맞은 적 있잖아?"

"뭐, 옛날 일이니까."

앞에서 걷던 에쓰코 씨가 그렇게 대답하며 뒤돌아보았다.

"전쟁 전 일본에서는 남자가 아내나 자식을 때리는 일이 드물지 않았어. 소설에도 자주 나와서 알아."

에쓰코 씨는 다시 앞을 보며 성큼성큼 걸었다.

반드시 옛날 일이라고 단정할 수 없다는 생각이 들어 멈춰 선다.

하나의 가치관이 변하는 데에 대체 얼마만큼의 시간이 걸릴까.

중학교 시절에는 툭하면 선생님에게 맞았다. 위 학년 사이에서는 학생 간의 학교폭력이 심각해서 교사들도 학생들을 제압하는 데에 필사적이었을 것이다. 교사 중에는 학생 체벌용 각목을 들고 다니거나 빗자루를 죽도처럼 사용하는 교사도 있었다. 교사든 학부모든 전쟁 이전 세대의 부모 밑에서 자란 탓에 체벌로 아이를 교육하는 것을 당연하게 생각했는지도 모른다.

빗자루로 엉덩이를 맞으면 빗자루 자국이 하얀색으로 또렷하게 남고 그 위아래가 검푸르게 붓는다. 한 번 맞으면 며칠은 의자에 앉을 수도 없었다. 피부의 상처는 기억나지만 그때 자신이 느꼈던 감정은 떠오르지 않는다. 폭력은 그저 학교생활의 일부로 존재했고 나는 그것을 받아들이고 있었다. 다른 학생들도 마찬가지였을 터이다. 괴롭힘이나 싸움도 잦았지만 다들 원래 그런 것이리라 생각했다.

중학교 2학년 때 같은 나이의 소년이 자살해서 이슈가 되었다. 학생뿐만 아니라 교사에게도 괴롭힘을 당하던 그 소년은 아버지의 고향까지 홀로 여행을 갔고 역사 안 공중 화장실에서 목을 맸다. 사건이 일어났을 때는 남의 일처럼 생각했다. 하지만 몇 년이 지나고 그 사건의 기록을 접한 순간 몸이 떨렸다. 그를 둘러싼 공기는 내가 익히 알고 있는 것이었다. 괴롭힘을 당하는 중에도 그 소년은 희미하게 웃고 있었다. 그 웃는 얼굴을 보고 그도 즐기고 있다고 생각했다는 같은 반 여학생의 증언이 있었다. 내가 살았던 세계도 이런 세계였다고 비로소 깨달았다.

생각해 보면 다이키가 세상을 떠난 때가 초등학교 졸업 이틀 전이었고 엄마와 둘이서 다이키의 아버지에게 간 때가 중학교 1학년 여름이었으니까 중학교 시절의 나는 그 나름 여러 가지 일들을 짊어지고 있었을 터이다. 엄마는 세상이 보내는 동정과 호기심의 말들에 화가 나서 그저 묵묵히 동생의 그림만 그렸다. 엄마가 갑자기 눈물을 쏟아 내거나 불현듯 생각난 것처럼 나를 걱정하는 일이 있었고 그때마다 나는 겁에 질렸다. 엄마가 무너지지는 않을까 하는 두려움이었는지, 아니면 그것들이 자신 탓일지도 모른다는 공포였는지는 알 수 없다. 그 찌릿찌릿한 피부의 감각을 나는 확실하게 기억하고 있지만, 그때는 그 사실을 자각하지 못했다. 오히려 나를 가엾게 생각하고 동정하는 사람들을 경멸하고 증오했다. 사실을 자각해버리면 받아들일 수 없게 된다는 사실을 무의식적으로 알고 있었던 것일까. 어렸을 때 아버지가 어린이집에서 나를 데리고 나갔을 때 엄마가 아버지의 뺨을 때렸다는 기억을 계단 모서리에 머리를 부딪혔다는 기억으로 바꿔 버렸듯이 무언가를 못 본 척 살아가는 버릇이 생겨버렸는지도 모른다. 가끔 수업을 빼먹고 학교를 빠져나가 근처 신사나 공원에서 시간을 보냈는데, 왜 그렇게 하지 않을 수 없었는지는 생각하지 않았다. 우연히 교사에게 걸려서 매를 맞아도 희미한 웃음을 지으며 지나쳤다. 어떤 감정도 아픔도 외면하기만 하면 없었던 것으로 할 수 있었다. 어느새 나는 그렇게 둔감한 사람이 되었다.

내가 엄마와의 관계를 회복하기 시작한 것은 성인이 되어 글을 쓰게 되면서부터였다. 얼마 뒤에 대지진을 경험한 것도 영향이 컸다. 쓰나미로 수많은 사람이 죽었고 원자력 발전소가 계속해서 폭발했다. 엄마와 나는 각자 주변에 있는 원자력발전소를 확인하고 서로 정보를 교환했으며 그러는 동안 처음으로 서로를 신뢰하게 되었다. 사람들의 삶이 완전히 변하고 수많은 인간관계가 깨지고 재생했다. 나와 엄마도 그 속에 있었다.

언제였던가, 내가 출판사에서 독립했을 무렵 오랜만에 엄마의 개인전이 있었고 그곳에서 나는 다이키를 그린 중반기 작품을 봤다.

그 맨션 거실에서 창문으로 들어온 햇살을 받으며 쭈그리고 앉아 수조를 들여다보는 다이키의 그림. 그 그림을 멍하니 보고 있다가 나도 모르게 중얼거렸다.

"엄마는 상처를 받았었구나."

함께 개인전에 갔던 친구들이 그 말을 듣더니 "당연하잖아."라고 어이없다는 듯 말했다.

분명히 당연하기 그지없는 말이었고 부끄러웠다. 나는 그런 것조차 모르고 있었던가, 하고 자신의 둔감함에 놀랐다.

자신의 아픔에 둔감한 사람은 다른 사람의 아픔에도 둔감해질 뿐만 아니라 폭력에 대해 무방비해진다. 그리고 더욱 심한 상처를 입고 점점 더 둔감해진다.

"뭐해? 빨리 가자."

메이코 씨의 목소리에 현실로 돌아온다. 어느새 홀로 뒤처지고 있었다. 이미 몇 미터를 앞서 걷는 두 사람의 뒤를 쫓으려고 붉은 모래를 박차고 뛰어간다.

사탕수수밭이 끝나자 시야가 드넓게 펼쳐졌다.

6

산으로 돌아가는 차 안은 계속 흥분상태였다.

메이코 씨가 점을 보는 동안 나는 동네를 어슬렁거렸을 뿐이라서 두 사람의 열띤 대화에 좀처럼 끼어들지 못했다.

겨우 "점쟁이는 어떤 느낌이야?" 하고 물었지만 두 사람 모두 어리둥절한 표정으로 "딱히 특별한 것도 없어."라고만 대답했다.

삼십 분 동안 알아낸 것은 점쟁이의 이름이 아루마라는 것과 자택 별채에서 점을 봤다는 정도. 자택도 평범 그 자체인 단층 콘크리트 건물이고, 별채도 벽 쪽의 나무 선반 외에는 테이블과 의자가 있을 뿐 특이한 장식품도 없었고 아루마 씨의 차림새도 자신들과 다르지 않았다는 정도였다.

간신히 에쓰코 씨가 부연 설명을 해주었다.

"그 사람은 돈벌이로 점을 보는 게 아니야. 돈을 받으면 능력이 사라져버린다고 전부 공짜로 봐주고 있어. 생활은 남편 수입으로 하는 것 같고 자식도 손자도 있어. 자녀들은 능력을 물려받지 않았는데 안타깝게도 손자 한 명에게 능력이 나타났다나 봐."

아무래도 점쟁이보다는 무당에 가까운 존재인 듯했다.

메이코 씨가 흥분해서 말을 이었다.

"내가 별채에 들어선 순간 아루마가 무시무시하게 비명을 질렀어. 내 등에 우리 남편과 시어머니가 올라타고 있는 게 보였대. 두 사람에 대해 아무런 얘기도 안 했는데 말이지."

"무서워, 그거 뭐야!" 하고 내가 놀라서 소리를 지르자 메이코 씨는 장난스럽게 웃는다.

"여러 가지로 몹쓸 짓을 해서 미안하다고 사과하고 있대." 메이코 씨는 그렇게 말하고는 어깨를 으쓱했다.

"사과하고 싶으면 아프게나 하지 말 것이지, 사람은 참 죽어서도 안 변한다니까." 에쓰코 씨가 정색을 하고 말하자 모두 웃음을 터뜨린다.

액막이 같은 것도 했냐고 묻자, 뭔가 짤랑짤랑하는 도구

로 양쪽 어깨를 탁탁 두드린 다음에 등을 어루만져 줬다고
한다.

"나는 내 등 뒤에서 뭐를 하는지 안 보이잖아. 그런데 옆
에서 지켜보던 에쓰코가 갑자기 으악 소리를 질러서…"

나와 메이코 씨가 운전석의 에쓰코 씨를 보았다.

"등에서 하얀 연기가 뭉게뭉게 피어났어. 엄청 많이!"

에쓰코 씨가 핸들을 쥔 채 큰 소리로 말하는 바람에 우
리는 동시에 비명을 질러댔다.

마사나오 씨의 모친 사치코 씨가 돌아가신 건 2년 전 가
을로, 엄마가 돌아가시기 다섯 달 전이었다.

사치코 씨가 숨을 거둔 날, 메이코 씨는 엄마 집에 와있
었다. 엄마가 두 번째 항암치료를 통원 치료로 바꾸고 퇴
원하자 엄마가 좋아했던 비프스튜를 가지고 와주었던 것이
다. 나도 나중에 합류할 예정이었는데 업무를 마치고 가보
니 메이코 씨는 이미 가고 없었다. 시어머니가 위급하다는
전화를 받고 병원으로 갔다고 엄마에게 들었다. 그리고 며
칠 후에 걸려 온 전화를 통해 사치코 씨가 그날 세상을 떠
났다는 사실을 알았다. 그날 밤에 병원으로 달려간 사람은
메이코 씨뿐이었다고 한다.

"우리 남편은 술에 취해서 병원에 올 수 있는 상태가 아

니었고, 시누이는 이미 목욕을 끝내서 올 수 없다는 거야. 그게 말이 돼? 그렇게 가까이 살면서 부모가 죽는데도 자식들이 오지 않는다니. 나도 시어머니한테는 꽤 시달렸지만 그래도 마지막 순간은 지켜야지. 시어머니가 가엾더라."

전화기 너머로 목멘 메이코 씨의 음성이 들린다.

시어머니와는 스무 살부터 함께 살았으니 메이코 씨가 받은 상처는 만만치 않을 것이다.

딸 유리가 유치원에 들어갔을 때 실내화 세탁 방법을 가르쳐주었더니 '그런 거 안 가르쳐도 돼, 브라질 촌구석도 아니고.'라고 말했던 일. 집을 개축했을 때 설계사가 의견을 물어 대답하려고 하자, '며느리 의견은 안 물어도 됩니다.'라고 딱 잘라 말했던 일. 그런 일화를 나도 꽤 들었다.

"난 브라질 사람으로서 콤플렉스가 있었어. 포르투갈어를 잘하지 못했거든. 지카 씨는 어떤 느낌인지 잘 모르겠지만. 산에서는 일본인으로 자라서 포르투갈어로 말하면 야단을 맞았고, 학교도 초등학교밖에 못 갔잖아. 어차피 브라질 국적이니까 브라질에 대해 가르쳐주었으면 좋았을 텐데 말이지. 군사정권 시대는 어땠는지 그런 질문을 받아도 바깥세상에 대해서는 아무것도 모르니까 그런 것이 너무 부끄러웠어. 그래서 남편이 같이 일본으로 가자고 했을 때 마음이 흔들린 거야. 일본에 가면 콤플렉스를 느끼지 않고 살 수 있을 것 같았거든. 내가 일본인이라고 생각했으니까. 일본어는 자유롭게 할 수 있고, 어머니도 엄격한 분이셔서 일본인으로서의 소양을 충분히 배웠다고 생각했거든. 하지만 아니었어. 일본에 도착해서 남편이 나를 시어머니에게 인사시킬 때 뭐라고 했는지 알아? 이쪽은 일본어가 조금 거칠지만 너그럽게 봐달라고. 존경어를 모른다고. 그 순간 이미 자신감은 산산이 부서졌지."

마사나오 씨가 아직 오십 대에 조기 퇴직한 후 메이코 씨와 마사나오 씨는 사치코 씨 소유의 3층짜리 낡은 주상복합에서 점포 하나를 빌려 바를 열면 좋겠다고 생각했다. 사치코 씨에게 이야기하자 다음 해 봄 이후라면 괜찮다고 승낙했고 두 사람은 언제든 인테리어를 시작할 수 있도록 준비를 진행했다. 마사나오 씨는 백패커로서 세계를 여행하면서 뉴욕의 스테이크하우스에서 일한 적도 있어서 메이코 씨보다 스테이크를 더 잘 구웠고, 뉴올리언스에서는 친구들과 같이 출자해서 꼬치구이 집을 했는데 꽤 성공적이었다. 그런 경험이 있어서 마사나오 씨는 바 운영에 자신이 있었다고 한다. 메이코 씨는 실내 인테리어를 맡기로 했고 견학이라는 명목으로 시어머니와 함께 유명한 레스토랑을 돌기도 했다. 그리고 설계사에게 부탁한 인테리어 설계도 거의 끝난 봄날, 두 사람은 건물이 이미 다른 사람 손으로 넘어갔다는 사실을 알았다.

"너무 놀랐지. 분명히 약속해놓고 왜 그랬는지 도저히 이해가 되지 않았어."

메이코 씨의 말투가 열기를 띤다.

"너무 하잖아요. 왜 그러신 거예요? 봄까지 기다리라고 해서 기다렸는데, 하고 시어머니를 다그쳤어. 마사나오 씨를 가장이라며 치켜세우더니 이런 처사는 아니지 않습니까, 하고. 하지만 시어머니는 눈도 마주치지 못하고 나오코가 파는 게 좋다고 해서 그랬다는 말만 반복하는 거야. 시누이가 왜 그런 말을 했는지, 매매 대금은 어떻게 했는지 결국 알려주지 않았어. 그때 그 사람이 얼마나 낙담했는지 충격으로 눈이 안 보인다며 이불 속에 들어가 돌덩이처럼 꼼짝하지 않았어. 그 사람은 가장 믿었던 두 사람에게 배신을 당했다고 했어. 히피 생활을 할 때 돈을 보태준 것도 시누이였대. 그 뒤로 그 사람은 가족에게 등을 돌렸어. 시누이가 이혼해서 집으로 돌아왔을 때도 피해 다녔어. 시어머니는 시어머니대로 시누이에게는 아무 말도 못 하니까 거의 날마다 내게 하소연을 하러 왔어. 예순이 넘어 돌아온

106

딸이 엄마도 돌봐주지 않고 집안일도 안 한다, 대체 어쩔 생각인지 모르겠다고. 나한테 그런 하소연을 해봐야 소용없다고, 직접 말씀하시라고 했지만 못하시는 거야. 나한테는 그렇게 모진 말도 해대면서. 시어머니는 그렇게 딸을 어려워하는 부분이 있었어."

결정적인 사건이 일어난 것은 시누이 나오코 씨가 본가로 돌아오고 몇 년이 흘렀을 즈음이었다. 장마철이 막 시작되었고 전날부터 계속 비가 내리는 쌀쌀한 날이었다.

이른 아침부터 근처 어린이집에서 아르바이트를 하던 메이코 씨는 오후에 집으로 돌아왔고 사치코 씨 집의 셔터가 계속 닫혀있다는 사실을 깨달았다. 불길한 기분에 마음이 술렁였다. 그러고 보니 벌써 일주일이나 시어머니의 얼굴을 보지 못했다. 나오코 씨가 돌아온 후부터 메이코 씨는 시어머니의 집에 되도록 가지 않았다고 한다. 참견하기도 싫었고 이상하게 엮여서 골치 아픈 일을 떠맡게 될지도 몰랐기 때문이다.

초인종을 눌러도 반응이 없자 갖고 있던 열쇠로 현관문을 열고 안으로 들어갔다. 무거운 공기가 몸에 달라붙어서 탁한 물속을 걷는 듯했다.

"어머니." 하고 조심스레 방안을 향해 불러보았다.

"도와줘."

사그라질 것 같은 작은 목소리가 들렸다.

깜짝 놀란 메이코 씨는 방안으로 뛰어 들어가 사치코 씨를 찾았다. 사치코 씨는 세 평 크기의 다다미방에서 이불 위에 웅크리고 있었다.

예전에 고가도로 밑에서 맡았던 쉰 냄새. 펼쳐진 이불은 온통 지저분한 얼룩이었고 여러 날 동안 몸도 씻지 않았음을 한눈에 알 수 있었다. 잠옷을 벗기자 오른쪽 옆구리가 문드러지고 피부가 벗겨져 있었다. 언제부터 이랬는지 물었더니 열흘 전에 욕실에서 넘어져 허리를 부딪히면서 움직일 수 없게 되었다는 것이다.

곧바로 구급차를 부르고 방으로 들어와 사치코 씨의 등을 계속 쓰다듬었다.

사치코 씨의 눈은 유리구슬처럼 아무것도 보고 있지 않았다.

나오코 씨는 사치코 씨를 병원으로 데려가기는커녕 제대로 된 식사도 차려주지 않았다. 편의점에서 파는 주먹밥 두 개가 하루 식사의 전부였다. 사치코 씨도 메이코 씨에게 전화 정도는 할 수 있었을 텐데 왜 이 지경이 될 때까지 말을 하지 않았는지, 왜 친딸을 그렇게까지 어려워하는지 도저히 이해할 수 없었다.

사치코 씨는 허리뼈에 금이 갔고 대상포진이 악화한 상태였지만 다행히 오랫동안 입원하지는 않았다. 하지만 영양실조로 인해 약해진 다리 재활 치료도 필요했고 이후의 생활도 고민해야 했다. 무엇보다 나오코 씨를 더 이상 사치코 씨와 살게 할 수 없어서 나오코 씨를 내보내야 했다. 나오코 씨의 아들에게 연락했지만 데려갈 수 없다고 해서 결국 값싼 연립을 임대해서 거의 강제로 내보냈다.

그 이후 사치코 씨는 메이코 씨에게 고개를 들 수 없었을 것이다. 사치코 씨는 메이코 씨에게 임종을 지켜달라고 할 만큼 의지했고 아무리 치매 증상이 심해져도 메이코 씨만은 잊지 않았다.

조수석에서 메이코 씨가 웃음을 터뜨렸다.

에쓰코 씨는 아직도 아루마 씨의 능력에 대해 열띠게 이야기하고 있다.

차는 붉은 모래를 휘날리며 인적 없는 좁은 길을 달렸다. 얼마 후 하얀 벽으로 둘러싸인 묘지가 나타났다. 벽 너머로 커다란 십자가가 보인다.

다이키의 유골은 작년까지 요코하마에 있는 가톨릭교회

추모공원에 안치되어 있었다.

그 추모공원은 바다가 보이는 높은 지대에 있었고 여름
에도 녹음에 둘러싸여 기분 좋은 바람이 불었다. 내가 운전
면허를 따기 전까지는 전철로, 그 이후에는 자동차를 타고
엄마와 둘이서 자주 갔었다. 추모공원에 도착하면 로커처
럼 생긴 봉안당 문을 열고 다이키에게 인사한다. 그리고 새
로 가져온 물건을 넣기도 하고 이제 지겨워졌으리라 생각
되는 것을 꺼낸다. 봉안당 안에는 썩는 것만 아니면 자유롭
게 넣을 수 있어서 해외여행 때 사 온 선물이나 다이키가
어렸을 때 갖고 놀던 장난감 등도 넣어두다 보니 늘 활기
찬 느낌이었다. 봉안당 내부를 정리하고 나면 추모공원 앞
마당을 청소하고 꽃을 장식하거나 다른 사람이 두고 간 꽃
다발 중에 시든 것을 버린다. 한 번은 모처럼 왔는데 열쇠
를 깜박해서 어쩔 수 없이 담을 넘어 들어가 앞마당 청소
만 하고 돌아간 적도 있었다. 마지막으로 다시 한번 다이키
에게 인사를 하고 합장한 후 문을 잠근다. 고등학교 때나
대학교 때는 성묘를 마치고 돌아갈 때면 차이나타운에 들
르거나 모토마치도오리에서 쇼핑을 하는 것이 즐거움이었
다. 하지만 대지진으로 인한 원자력발전소 사고를 경험한
이후로는 네온사인이 휘황하게 반짝이는 곳에서 쇼핑이나

외식을 즐기는 일에 죄책감을 느끼게 되었고 여름에 오사카로 이사할 계획이라서 차도 처분한 탓에 둘이서 추모공원에 가는 일이 확연하게 줄었다.

엄마가 다이키의 유골을 집 근처의 추모공원으로 옮기자고 한 것은 2년 전의 연말이었을까. 처음에는 건강을 회복하면 엄마가 직접 옮길 생각이었던 모양이지만 좀처럼 건강 상태는 호전되지 않았다. 웬지 다이키를 방치하고 있다는 기분이 들어서 결국 내가 대신하기로 했다. 동생이 죽고 2년 후에 엄마와 세례를 받았던 교회 지하에 봉안당이 있었는데 가까워서 택시를 이용해도 부담이 없었다.

엄마가 세상을 떠나기 한 달 전, 나는 메이코 씨에게 부탁해서 함께 렌터카를 타고 요코하마로 향했다.

당장이라도 눈이 쏟아질 듯한 추운 날이었다. 공기가 하얀색으로 뒤덮여 있었다.

교회에서 이전 절차를 끝낸 후 추모공원으로 가서 봉안당 안에 있던 물건들을 종이상자에 담았다. 조그마한 목제 마리아 상, 빨간색 구슬로 만든 묵주, 조화와 사진 같은 평범한 것부터 스노 글로브나 장난감 전철, 봉제 인형, 수정 원석 등 3년 동안 쌓아가던 물건들이 계속해서 나왔다. 유골이 담긴 봉안함을 양손으로 안아 들자 다른 것을 들 수가 없었고 메이코 씨가 남은 물건을 전부 종이상자에 넣어 옮겼다. 봉안당에서 주차장까지는 거리가 조금 있었다. 돌바닥 길을 걷는 동안에도 계속해서 차가운 바람이 얼굴을 때렸고 맨살이 노출된 손은 찢어질 듯 아팠다. 두 사람 모두 말없이 입술을 깨물며 발걸음을 옮겼다. 종이상자를 트렁크에 싣고 봉안함은 뒷좌석에 안전띠로 고정했다. 그리고 교회 사무실로 돌아가서 봉안당 열쇠를 반납하고 관공서로 향했다. 그냥 로커처럼 보여도 법률상 묘지였고, 유골은 시신과 마찬가지여서 옮기려면 관공서에 서류를 제출해야 했다. 얼음 같은 비가 내리기 시작했다. 카페에서 따뜻한 커피라도 마시고 싶었지만 비는 당장이라도 눈으로 바뀔 분위기여서 도중에 쉬지도 못하고 차를 몰았다.

내가 졸지 않도록 메이코 씨가 조수석에서 계속 말을 걸고 있었다.

비 때문에 시야가 나빠서 졸 수 있는 상황도 아니었지만, 메이코 씨의 목소리를 듣고 있으면 긴장이 풀려서 고마웠다.

며칠 전 마사나오 씨가 츄하이를 사러 가게에 간다고 자전거를 탔다가 넘어져서 다쳤다고 한다. 제대로 걷지도 못하는 사람이 자전거를 탈 수 있을 리가 만무한데도 말이다.

"정말이지 술을 위해서라면 목숨이라도 내놓을 사람이라니까."

메이코 씨가 어이없다는 듯 웃었다. 그리고 갑자기 이야기가 끊어졌다.

"시어머니가 그 사람에게, 우리는 아버지가 없으니까 다른 사람보다 배는 노력해야 한다는 말을 늘 했었대. 나랑 똑같은 말을 듣고 자란 거야. 웃기지?"

그렇게 말하면서 메이코 씨가 성에 제거 버튼을 눌렀다. 앞 유리창의 성에가 순식간에 사라진다.

"지금도 그 사람 귀에는 어머니의 목소리가 계속 들리는 건 아닐까."

나의 엄마와 마사나오 씨는 동갑이었고 어릴 때 부친이 돌아가셨다는 점도 같았다. 물론 우리 할머니와 사치코 씨는 각자의 상황도 성격도 다르겠지만, 사치코 씨를 과도한 '예의범절'로 내몬 것이 무엇인지는 알 것 같은 기분이 든다.

마침내 얼음 같은 비는 녹아서 눈이 되었고 아스팔트를 투명하게 덮기 시작했다. 돈을 아끼려고 싸구려 중고차를 빌렸더니 히터가 제대로 작동하지 않았다.

집으로 가기 전에 다이키의 유골을 차에 태운 채 엄마의 병원에 들렀다. 겨울에도 덥게 느껴질 만큼 따뜻하게 온도를 유지하는 병실에 들어서자 안경이 부옇게 흐려졌다. 야윈 몸으로 누워있던 엄마는 볼과 귀까지 새빨개진 우리를 보고 "밖은 춥구나." 하고 웃었다.

"이제 퇴원하면 엄마도 혼자 다이키를 보러 갈 수 있어."

나는 그렇게 말했다. 하지만 엄마는 다이키에게 가보지 못한 채 한 달 후에 세상을 떠났다.

저녁이 되어도 상파울루의 하늘은 페인트를 칠한 것처럼 온통 파랬다.

에쓰코 씨가 운전하는 차가 산에 도착하자 여느 때처럼 사냥개들이 다가왔다. 차에서 내려 기지개를 켜는데 왠지 모르게 분위기가 평상시와 달랐다. 아이들이 없어서인지 이상하게 조용했다. 외부 복도에는 여느 때처럼 사람들이 모여서 담배를 피우기도 하고 핸드폰을 만지고 있는데도.

코지냐의 전화기가 울렸다.

요즘은 모습을 감춘 오래된 검은색 전화기가 따르릉 따르릉하고 요란하게 울렸다.

사람들의 시선이 일제히 전화기를 향했고 전화벨 소리가 멈춤과 동시에 몇몇이 코지냐 안으로 들어갔다. 에쓰코 씨가 짐도 내리지 않고 코지냐를 향해 걷기 시작했다.

나와 메이코 씨 둘이서 트럭에서 자몽을 꺼내 양팔로 안고 코지냐로 향했다. 미닫이문을 열자 전화기 주변으로 사람들이 모여들고 있었다. 메이코 씨보다 조금 젊은 남성이 수화기를 들고 있었고 조금 전 외부 복도에 있던 사람들이 그 남성을 에워싸고 있다. 텔레비전 앞에 있던 사람들과 주방에 있던 사람들도 다가가서·근처 자리에 앉아 통화하는 남성을 지켜보고 있었다. 그중에는 아사코 씨도 있었다. 에쓰코 씨는 아사코 씨 옆에 서서 젊은 여성에게 상황 설명을 듣고 있었다.

무슨 일이 생긴 건 분명했다.

메이코 씨가 다가가자 에쓰코 씨는 주저하듯 최소한의 단어를 사용해 이야기한다. 메이코 씨는 숨죽인 채 가만히 서 있다.

남성이 전화를 끊었다. 기도하듯 깍지 낀 손을 입가에 대고 있던 아사코 씨가 자리에서 일어나자 몇몇 사람들도 이끌리듯 일어나서 남성 쪽으로 달려간다. 남성은 아사코 씨의 얼굴을 응시하다가 시선을 회피하고는 "틀림없어." 하고 나지막이 말했다.

아사코 씨가 무너지듯 주저앉았고 옆에 있던 여성이 그 등을 쓰다듬었다.

젊은 여성이 울음을 터뜨렸고 에쓰코 씨가 그 어깨를 껴안았다. 여기저기서 흐느끼는 소리가 새어 나오기 시작했다. 어떤 사람은 참을 수 없다는 듯 코지냐를 나갔고, 또 어떤 사람은 어딘가에 전화를 걸었다. 메이코 씨가 내게 다가와서 낮은 목소리로 속삭였다.

"요이치가 사고를 당했어. 요이치의 아내랑 이치가와 씨가 경찰에 가서 확인했는데 요이치가 틀림없대. 즉사한 것 같아."

코지냐의 네모난 창문 너머로 석양빛을 받아 오렌지색으로 빛나는 나무들이 보였고 실내는 상대적으로 더욱 어둡게 느껴졌다.

7

요이치 씨는 일직선으로 뻗은 기나긴 도로를 달리고 있
었다.

달걀을 납품하러 시내에 나갔다 돌아오는 길이었다. 며
칠 동안이나 비가 내리지 않아서 차가 달릴 때마다 붉은
모래가 휘몰아치며 시야를 막았다. 그리고 갑자기 모래 속
에서 트럭이 나타났다. 가속페달에서 발을 뗄 틈도 없이 요
이치 씨의 차는 트럭에 정면으로 부딪혔고 요이치 씨는 즉
사했다. 브라질에는 끝없이 이어지는 외길이 많다 보니 반
반대 차선에서 추월하려고 튀어나온 차량과 정면충돌하는
사고가 자주 일어난다고 한다.

사망 소식이 전해진 후 그 자리에 가만히 있는 사람은

거의 없었다. 모두 무거운 몸을 들어 올리듯 일어나서 움직이기 시작했다.

아직 실감이 나지 않은 탓도 있겠지만, 법률상 사후 24시간 이내에 장례를 끝내고 매장하게 되어있어서 준비를 서둘러야 했다. 어떤 사람은 저녁 식사 준비를 위해 주방으로 돌아갔고, 어떤 사람은 산을 떠난 친척이나 거래처, 일본계 콜로니아 등에 전화를 돌리고 목사님을 불렀다. 또 어떤 사람은 멀리서 올 손님들을 위해 이불과 담요를 준비했고, 어떤 사람들은 코지냐의 테이블을 끌어와 제단을 만드는 등 각자 묵묵히 움직이고 있었다.

요이치 씨의 시신은 무사히 인수했지만 산에는 내일 새벽녘에 도착하게 될 것이라고 이치카와 씨에게 전화가 왔었다. 상파울루 시내에 있는 친척들의 도착 시간도 비슷할 것이다. 그렇게 되면 내일은 날이 밝기 전부터 바빠질 터라서 오늘 할 수 있는 준비를 해두어야 한다.

그날 밤 정전이 있었다.

저녁 식사가 끝나고 슬슬 그릇을 정리하려는데 갑자기 코지냐의 전등이 꺼졌다. 완전한 어둠 속에서 사람들이 짧게 소리를 질렀고 몇몇이 부스럭거리며 움직이기 시작했다. 젊은 엄마가 아이에게 움직이지 말라고 야단치는 소리가 들린다. 몇 분 지나지 않아 어디서 꺼내왔는지 램프 몇 개가 켜졌다. 코지냐 안이 어슴푸레한 오렌지색으로 감싸인다. "이런, 또야?" "내일 장례식인데." 하고 투덜거리면서 사람들이 움직이기 시작한다. 나는 남은 음식을 한곳에 모으고 식기를 개수대 옆에 놓인 플라스틱 통에 던져 넣었다. 개수대 주변은 램프를 켜도 어두워서 손끝이 잘 보이지 않았다. 평상시처럼 어물전에서 쓰는 듯한 하얀 앞치마를 두르고 세 개의 개수대에 두 사람씩 서서 분업 방식으로 설거지를 한다. "오늘은 대충 해도 돼, 내일 아침에 다시 한번 씻을 거니까." 하고 누군가가 말했다. 설거지가 끝나자 불현듯 생각이 나서 부엌을 나왔다. 손을 닦고는 희미한 불빛에 의지해 밖으로 나와 하늘을 올려다보았다.

순간 별들이 일제히 쏟아져 내렸다. 몸이 둥실 떠올라 우주 한가운데에 던져진 듯한 느낌. 나도 모르게 '우와' 하고 환호성을 질렀다.

어느새 메이코 씨가 옆에 서 있었다.

조금 전까지 침울했던 기분도 잊고 "정말 예쁘다!" 하고 흥분된 목소리로 말하자, 어둠 속에서 메이코 씨가 만족스러운 듯 고개를 끄덕이는 것이 보였다.

"이 정도면 산에서 자란 내가 보기에도 예쁘네."

허리에 손을 얹고 몸을 뒤로 젖혀 하늘을 올려다보면서
메이코 씨가 말했다.

"어렸을 때는 이런 하늘을 자주 봤는데. 요이치랑 같이."

메이코 씨의 목소리에 습기는 느껴지지 않는다. 평상시
와 다름없는 목소리.

"새벽녘에는 별똥별도 보여."

"우와, 멋지다." 나는 감탄하면서 요이치 씨 손의 감촉을
떠올렸다.

따뜻하고 건조한 손이었다.

나는 앞으로 계속 이곳의 별하늘과 요이치 씨 손의 감촉
을 같이 떠올리게 되겠지.

"요이치는 무척 지쳐 보였어. 전에 만났을 때보다 훨씬
야위기도 했고. 하지만 나는 산을 떠난 사람이라서 아무 말
도 할 수 없었어."

"메이코 씨 탓이 아니야." 하고 조용히 말한다.

하지만, 하고 말을 이으려는 메이코 씨를 제지하고, "사
람은 그렇게 전능하지 않아." 하고 나지막하게 말했다. 자
신이 구할 수도 있었다고 생각하는 건 어리석다. 메이코 씨
가 침묵했다.

초등학교를 졸업하기 이틀 전 밤이었다. 어떤 밤이었는

지는 잘 생각나지 않는다. 하지만 실내에는 오렌지색 전등이 켜져 있었던 기분이 든다. 따뜻하고 조용했다. 하지만 혼자 욕조에 들어간 다이키가 좀처럼 나오질 않자 엄마가 무슨 일인지 살피러 갔었을 것이다. 다이키의 이름을 부르는 비명 같은 소리가 들려서 파우더룸을 들여다보니 엄마가 욕조에서 다이키의 몸을 끌어올리고 있었다. "구급차!" 엄마의 외침에 튕겨 나가듯 거실로 돌아가 무슨 일이 일어났는지도 모르는 상태에서 구급차를 불렀다. 파우더룸으로 돌아오자 벌거벗은 다이키가 바닥에 눕혀져 있었다. 다이키의 나체는 희미하게 붉은 기운이 감돌았다. 엄마가 어떻게 하고 있었는지는 기억나지 않는다. 다이키의 몸을 문지르고 있었던 것도 같고 조금 떨어져서 멍하니 있었던 것도 같다. 나는 다이키 옆에 앉아 숨을 쉬지 않는다는 것을 확인하고 다이키의 입술에 내 입술을 밀어붙였다. 당시 유행했던 스튜어디스 소재의 드라마에서 인공호흡 장면을 본 적이 있었다. 부진한 훈련생이 연모하던 교관에게 구출되는 장면이었는데 물에 빠져 호흡이 멈춰있던 훈련생은 교관이 숨을 불어넣자 물을 토해냈고 기침을 하면서 의식을 되찾았다. 하지만 다이키의 입에서는 물이 아닌 조금 전에 먹었던 음식물이 역류했다. 입안에 남아있는 것을 긁어내고 다시 숨을 불어 넣었지만, 토사물이 흘러나올 뿐 다이키는 기침을 하지도 않았고 호흡을 되찾지도 않았다. 하지만 입을 떼려고 하면 엄마가 멈추지 말라고 해서 계속 숨을 불어넣고 있었다.

그로부터 1년도 지나지 않아, 인공호흡을 할 때는 먼저 턱을 높이 들어서 토사물이 목에 막히지 않도록 해야 한다는 사실을 알았다. 동시에 심장 마사지도 해야 한다는 사실도. 어린아이가 어깨너머로 배운 것을 흉내 낸 인공호흡은 아무런 효과도 없었을 것이다. 오히려 다이키를 죽음으로 내몬 결정적인 원인이 되었을지도 모른다.

하얀 쿠션 매트를 깐 바닥은 다이키의 위에서 나온 토사물로 더러워졌을 것이다. 하지만 그 감촉도 냄새도 떠오르지 않는다. 그저 다이키의 몸에서 느낀 따뜻함과 보드라움만 기억한다. 구급차는 좀처럼 오지 않았다. "빨리 안 오면 다이키가 죽을 텐데." 하고 중얼거리자, "불길한 소리 하지 마." 하고 엄마가 날카롭게 소리를 질렀다. 갑자기 공포감이 엄습했다. 인공호흡을 멈추고 맨션 복도로 뛰어나가 "도와주세요!" 하고 소리쳤다. 몇 번을 그렇게 소리치자 맞은편 집에서 어떤 남자가 나와 상황을 파악하고는 나를 달랬던 듯하다. 그 남자에 대해서는 생각나지 않는다. 그러는 동안 엄마가 어떻게 하고 있었는지도 기억나지 않는다. 그저 맞은편 집 문이 열린 채였고 오렌지색 전등이 비친 주방에 다이키보다 작은 여자아이가 봉제 인형을 안고 서 있었던 것만 기억한다. 그 불안해 보이던 눈을 잊을 수가 없다. 30년도 더 된 어느 밤의 기억.

자기 탓일지도 모른다고 말해봐야 그렇지 않다는 대답이 돌아올 것은 알고 있었다. 그래서 자신을 책망하는 것도 어차피 위선이고 자기도취라고 생각한다. 실제로 아무도 열두 살의 나를 책망하지 않았다.

하지만 엄마는 달랐다.

엄마는 책망을 받았다. 진술이 달라진다고 집요하게 묻는 경찰관에게. 뒤에서 손가락질하는 사람들에게. 한 부모 가정의 아이는 사망률이 높다는 '일반론'에.

혼인 관계가 아닌 남자의 아이를 가졌다는 것, 그 아이를 유산하지 않고 낳았다는 것, 어린이집과 친구에게 아이를 맡기고 일을 해왔다는 것. 그런 모든 것이 아이를 죽게 한 원인인 것처럼 말하는 세상이었다. 엄마만이 모친이라는 이유로 책망받았다. 아이가 죽었는데 밝은색 옷을 입었다. 웃었다. 엄마답지 않다. 엄마가 그 모양이니까 아이를 잃은 것이라고.

그래서 나는 줄곧 책망받고 싶었다.

엄마와 함께 화를 내기 위해서.

앞으로 1, 2주밖에 남지 않았다는 엄마의 시한부 선고를 들었던 날. 그날도 무척이나 추운 날이었다.

엄마는 폐렴이 호전돼서 간신히 퇴원했는데 며칠 지나지 않아 다시 열이 오르고 음식물도 삼키지 못하는 상태가 되었다. 그런 엄마를 택시에 태워 병원으로 데려갔고 그대로 응급입원을 했다. 고열로 인해 병실에 들어간 순간 대소변을 흘렸다. 얼마 후 의식을 되찾은 엄마는 점박이 고양이가 있다고 말하기도 하고 계산하고 오라며 현금인출카드를 내밀기도 했다. 현금인출카드로는 정산할 수 없다고 아무리 말해도 신용카드와 현금인출카드를 혼동하고 있는 듯했다. 고열 탓인지 모르핀 탓인지 알 수 없었다. 그래도 입원을 했으니 진정되면 다시 예전처럼 회복할 줄 알았다. 집으로 돌아가려고 엘리베이터를 기다리는데 우연히 마주친 의사가 나를 불러 세우더니 앞으로 1, 2주밖에 남지 않았다고 빠르게 말했다. 멍하니 있는 내게 자세한 내용은 내일다시 설명하겠다는 말을 남기고 의사는 잰걸음으로 가버렸다. 열린 엘리베이터 문 앞에서 한동안 움직이지 못했다. 전혀 실감이 나지 않았다. 그때까지 여명이라는 말은 한 번도 들어본 적이 없었다. 바로 사흘 전에도 중화요리를 맛있게 먹었는데.

병원에서 나와 집으로 가는 길에 인적이 드문 주택가를 걸으면서 메이코 씨에게 전화했다. 메이코 씨는 한참을 말을 잇지 못하다가 아직 모른다고 말했다. 의사가 일주일이라고 하면 한 달은 버티는 법이야. 나도 웃으면서 고개를 끄덕였다. 그렇게밖에 생각할 수 없었다. 핸드폰을 쥔 손이 추위에 찢길 듯했다. 오늘은 뭐라도 사가서 얼른 먹고 자야겠다고 생각하며 역 건물의 반찬가게에 들렀다. 제대로 보지도 않고 반찬 세트 같은 것을 사서 집에 돌아와 포장을 풀었더니 파티용 오르되브르 세트였다. 아무도 없는 어두운 방에서 그것은 어울리지 않게 화려했고, 엄마에게 말하면 놀림을 당하겠다는 생각이 들자 처음으로 목 안쪽이 뜨거워졌다.

엄마는 결국 일주일도 견디지 못하고 삼 일째 밤에 숨을 거두었다. 그날 밤에는 메이코 씨가 와주었다. 그날 엄마 머리맡에서 나누었던 이야기를 메이코 씨는 기억하고 있을까.

그때 코지냐의 전등이 차례차례 켜졌다.

세상이 제 색깔을 되찾아 간다. 정전이 길어지지 않아서 다행이었다. 눈이 부실 정도로 휘황한 불빛에 눈을 가늘게 떴다. 묵묵히 있던 메이코 씨가 안심하는 것이 느껴졌다. 코지냐 안에서 환호성이 들렸고 아직 끝나지 않은 장례 준비를 위해 사람들이 움직이기 시작했다.

"손님 이불을 아직 다 못 꺼낸 것 같아. 도와주고 올게."

메이코 씨는 그렇게 말하고는 몸을 돌려 코지냐를 향해 걷기 시작했다.

잠깐만.

그렇게 말하려는 순간 그곳은 상파울루 시내의 대로로 바뀌었다.

브라질에 도착한 다음 날 오전, 미란도폴리스행 버스에 타기까지 시간이 조금 있어서 혼자 파울리스타 대로를 산책했다.

사람들이 눈앞을 오갔다.

휴일이어서인지 정장을 입은 사람은 거의 없었다. 친구들끼리 웃으면서 걷는 여자아이들, 누군가와의 약속에 서두르는 사람, 느긋하게 산책하는 노부부, 노상에서 휴대전화를 판매하는 젊은 남자들, 관광객, 노숙자.

상파울루에는 일본인도 많아서 신호를 기다리는 내게 일본어로 길을 묻는 사람도 있었다. 이곳에 사는 사람으로 보이는 것 같아서 기뻤고 발걸음도 가벼워졌다. 파울리스타 대로라고 해서 반드시 안전하지는 않다는 이야기는 들었지만 휴일 아침다운 한가로움에 완전히 마음을 놓고 있었다.

문득 보니, 갈색 피부의 소년들 예닐곱 명이 도로를 가득 메운 채 웃으면서 앞에서 걸어왔다. 가방도 없이 티셔츠에 찢어진 청바지 차림. 소년들은 공사 현장에서 출입 금지를 위해 두르는 노란색 테이프를 만지작거리고 있었다. 피해야 한다는 생각을 한 것도 아니고 그저 자연스럽게 길가로 비키려는 순간이었다. 소년 한 명이 날카롭게 소리를 질렀다. 그리고 그 소리를 신호로 소년들이 나를 향해 일제히 달려오기 시작했다. 무슨 일이 일어나고 있는지 바로 깨닫지 못했다. 하지만 도망가려는 나를 소년들이 에워싸고 포르투갈어로 뭔가를 외치면서 쭈글쭈글해진 노란색 테이프로 나를 묶으려는 순간에야 간신히 표적이 나라는 사실을 파악했다.

나는 죽는구나, 그렇게 생각했다.

"안 돼!"

테이프를 뿌리치며 큰소리로 외쳤다. 소년들은 재빨리 뒤로 물러나더니 한층 더 큰소리로 웃으면서 깡충깡충 뛰듯이 달려갔다.

아주 짧은 순간이었다. 주위에 있던 사람들은 이미 아무 일도 없었던 듯 움직이기 시작했다. 나도 빠르게 걷기 시작했다. 심장이 크게 뛰었고 손발이 떨리고 있었다. 기계적으로 다리를 움직이고 있을 뿐 사고 회로는 완전히 정지되어 있었다. 공포와 수치심에 그저 그곳에서 벗어나고 싶었다.

소년 중에는 나보다 키가 작은 아이도 있었다. 아마도 진짜 어린아이였을 것이다. 무방비 상태로 멍하니 걷다가 장난기 많은 아이들에게 잠시 놀림을 당했을 뿐인 일이었다. 실제로 소년들은 가방을 낚아채려고도 하지 않았고 내게 못된 짓도 하지 않았다. 그런데도 공포를 느낀 이유는 상파울루의 치안 상태가 안 좋다는 말을 계속 들었던 탓도 있겠지만, 내가 가진 편견 때문이기도 했을 것이다.

전혀 이곳 사람 같지 않거든, 하고 놀림당한 기분이었다.

걷고 또 걷다가 어느새 뛰고 있었다. 아스팔트를 박차고 정신없이 달렸다. 주위의 건물과 사람들이 수평으로 흐르고, 색색의 띠가 되고, 그리고 뒤섞여서 하얀 벽이 된다. 정신을 차리고 보니 그곳은 기다란 복도였다. 눈에 익은 회색 복도. 푸르스름한 빛에 비친 하얀 벽. 숨소리가 벽에 부딪혀 울렸다. 형광등이 깜박거렸다. 맞아, 이 맨션 관리인은 형광등이 나가도 제때 갈아주질 않았었지. 복도에는 팥색으로 칠해진 문과 문패가 줄지어 있다. 우리 집은 왼쪽 세 번째 문이었다. 그렇게 생각한 순간 문이 열리고 파란색 티셔츠를 입은 소녀가 맨발로 뛰쳐나온다. 도와달라고 울며 소리친다. 맞은편 집에서 남자가 나와 소녀를 안아준다. 맞은편 집에서는 오렌지색 불빛이 새어 나오고 있다. 따뜻하고 행복해 보이는 빛.

밖에서 구급차 소리가 들린다. 남자의 팔에 안겨있던 소녀가 튕겨 나가듯 달려간다. 신발도 신지 않은 맨발로. 가야 해. 빨리 가지 않으면 다이키를 데리고 가버릴 거야. 복도 끝 어둠 속에 계단이 있다. 오른손으로 손잡이를 잡으면서 계단을 뛰어내려가고 마지막 두 계단은 한꺼번에 뛰어내린다. 계단참에서 오른손을 지점으로 삼아 몸의 방향을 바꿔 다시 계단을 내려간다. 한꺼번에 뛰어내리는 계단 수가 점점 늘어난다. 세 계단, 네 계단, 다섯 계단. 마침내 계단참에서 계단참으로 한 번에 뛰어내리고 정면 벽에 몸을 부딪혀 고무공처럼 아래로 굴러떨어진다. 현관 앞을 통통 튀어 밖으로 굴러나가자 구급차가 서 있고 먼저 타고 있던 엄마가 자신을 부르고 있다. 구급차에 뛰어올라 누워있는 다이키를 내려다본다.

하지만 그 사람은 다이키가 아니라 요이치 씨이다.

따뜻한 물속에 잠겨있던 피부가 빨갛게 상기되어 있다. 놀라서 옆을 보니 엄마라고 생각했던 사람은 메이코 씨이다. 메이코 씨는 그 큰 눈이 새빨개져 있었지만 울음소리도 내지 않고 입술을 깨물면서 요이치 씨의 팔을 어루만지고 있다. 아니다. 이 사람은 요이치 씨가 아니라 마사나오 씨이다. 요이치 씨는 교통사고로 죽었다. 욕조에서 죽은 사람은 마사나오 씨. 그러고 보니 난 마사나오 씨를 사진으로밖에 보지 못했는데.

망연히 메이코 씨의 하얀 옆얼굴을 응시하고 있자, 등 뒤로 구급차 문이 닫힌다. 쾅 소리와 함께 풍압이 느껴진다.

누워있는 마사나오 씨는 행복한 듯 미소 짓고 있었다.

8

처음에는 눈이 쌓여있는 줄 알았다.

병원 앞에 있는 중화요리점에서 저녁을 먹고 병실로 돌아오는 길이었다. 면회 시간을 조금 넘긴 탓에 야간 출입구를 찾아 벽을 따라 돌아가야 했다. 마침내 푸르스름한 형광등이 켜진 야간 출입구를 발견하고 달려가자 출입구 옆에 매화꽃이 하얗게 빛나고 있었다.

나도 모르게 발길을 멈추고 그 빛을 넋을 잃고 바라보았다. 답답했던 가슴에서 새어 나온 한숨이 차가운 공기에 닿아 하얗게 변했다. 도시에서 자란 사람치고는, 아니 도시에서 자랐기 때문인지 엄마는 식물을 좋아했고 마당에도 꽃나무를 많이 심었었다. 겨울에는 죽은 것처럼 보였던 나무도 봄이 되면 싹을 틔워 자신이 살아있음을 알려주었고 사람보다 오랜 시간을 살아온 식물은 이미 그곳에 없는 사람의 존재를 떠올리게 해주었다. 인간과는 다른 시간 축을 사는 식물에 그렇게 위안을 받아왔을 것이다. 봄이 되면 엄마는 메이코 씨와 둘이서 도쿄 전철 철로 옆에 심어진 장미를 둘러보는 일이 즐거움이었다고 한다. 엄마에게 매화꽃이 피었다는 사실을 알려주면 분명 기뻐하겠지, 그렇게 생각한 순간 고통스럽게 신음하고 있는 엄마의 모습이 떠올라 괴로워졌다.

앞으로 1, 2주라는 시한부 선고를 들은 다음 날, 아침부터 병실을 찾아온 나를 보고 엄마는 "오늘은 일찍 왔네."하고 말했다. 그날은 아직 죽음이 임박했다는 생각이 들지 않았고 내일이면 조금은 회복될지도 모른다고 생각했다. 하지만 밤을 넘기면서 엄마의 상태는 악화했다. 두 번째 날에는 엄마가 하는 말을 알아들을 수 없었다. 자기 말을 알아듣지 못하자 짜증이 난 엄마는 내게 "아, 짜증 나."라고 했고, 그 말만은 유난히 또렷해서 알아들을 수 있었다. 셋째 날인 오늘은 더 이상 아무 말도 하지 않았고 그저 눈에 눈물을 머금은 채 숨을 헐떡이고 있었다. 간호사는 내게 오늘 밤은 위험하니까 옆에 있어 주라고 했다. 모든 것이 너무 빠르게 흘러서 정신이 멍해진다.

안내 데스크에서 이름을 적고 인적 없는 어두운 복도를 걸었다. 발소리가 유난히 크게 울린다. 엘리베이터에서 내리자 환한 복도가 나왔다. 아직 소등 전이어서 각각의 병실에서는 말소리나 텔레비전 소리가 희미하게 새어 나오고 있었다. 난방을 하고 있어서 병원 안은 따뜻했다. 엄마의 병실 문을 열자 메이코 씨가 입구를 등지고 침대 옆 의자에 앉아있었다. 저녁을 먹으러 나가기 전에 메이코 씨에게 전화해두었다. 한 시간은 걸릴 줄 알았는데 의외로 일찍 도착한 모양이었다.

"미안해요. 밥 먹고 왔어요. 도착했으면 전화를 하시지."

겉옷을 걸면서 말하자, 메이코 씨가 돌아보며 평상시와 같은 목소리로 말했다.

"금방 돌아오겠지 했어."

그 목소리의 톤에 안심하며 "미안해요, 바쁠 텐데." 하고 고개를 숙였다.

메이코 씨는 시어머니인 사치코 씨를 가을에 떠나보내고 지금은 상속 절차로 바쁜 상황이었다.

"이런 시간에 나간다고 남편이 싫어하지는 않았어요?"

뜨거운 물에 녹차를 넣으면서 되도록 밝게 물었다.

"괜찮아. 그 사람은 이런 일로는 화내지 않아."

"아, 다행이네요." 하고 대답하자, 메이코 씨는 부드러운 목소리로 덧붙였다.

"얼른 기요코 씨에게 가보라고 했어. 예전처럼. 가끔 이런 식으로 상냥해지니 문제야. 마냥 미워할 수만은 없어서."

엄마에게도 이야기 소리가 들릴 텐데 아무런 표정 변화도 없이 그저 입을 벌린 채 가쁜 숨을 내쉬고 있다.

"교대로 자자. 지카 씨, 먼저 자."

메이코 씨가 말했지만 아직 잠이 오지는 않는다.

"하지만 아직 안 졸려요."

그렇게 말하고 간호실에서 빌려온 동그란 의자에 앉았다. 메이코 씨는 익숙한 손놀림으로 수건을 적셔서 엄마의 팔을 닦기 시작했다.

그때까지 나는 무엇을 하면 좋을지 몰라서 그저 침대 옆에 멍하니 앉아있었는데 이렇게 하면 좋았겠구나 생각했다.

산소마스크의 가습기가 뽀글뽀글하며 요란한 소리를 내고 있다. 엄마는 침대 위에서 입에는 산소마스크를 쓰고 손가락과 가슴에 계측기를 연결한 채 이마에 땀을 흘리며 온몸으로 신음하고 있었다. 그저께부터 장착한 요도 카테터가 불편했는지 의식이 돌아올 때마다 잡아빼려고 해서 지금은 빼두었다. 신장에도 암이 전이되어 제 기능을 하지 못하는 상태라서 소변을 배출시켜줘야 했지만 신체를 구속하면서까지 엄마가 싫어하는 것을 하고 싶지 않았다.

침대 펜스에는 작은 개구리 인형이 고무줄에 매달려있었다. 이틀 전에 내가 묶어둔 것이다. "얘가 응원단이야." 하고 말하자 엄마는 살며시 웃고는 개구리 다리를 당겼다. 하지만 힘 조절이 안 되는지 너무 세게 잡아당기는 바람에 바닥에 떨어져 버렸다. 떨어지지 않도록 단단히 묶다 보니 칭칭 감아 놓은 것처럼 되었다.

메이코 씨는 그 인형을 손가락으로 가리키며 "저거 내가 준 거야." 한다.

"브라질에서 돌아올 때 선물로 사 왔어. 다이키가 곤충이랑 양서류를 좋아한다고 들었거든."

그렇게 말하고는 개구리 인형 다리를 쭉 당겼다.

엄마는 아무런 반응도 하지 않았다. 원래는 이런 모습을 메이코 씨에게 보여주고 싶지 않았을 터다. 치료를 계속할 생각이어서 죽음을 전제로 대화를 한 적은 없지만, 누가 와줬으면 좋겠다는 말을 엄마는 지금까지 한 번도 하지 않았다. 한 달 전에 메이코 씨와 함께 다이키의 유골을 도쿄에 있는 봉안당으로 옮기고 돌아오는 길에 병원에 들렀을 때도 엄마는 눈이 쌓이면 운전할 수 없으니까 어서 가라고 재촉했다. 환자다운 행동을 싫어해서 암에 걸린 후에도 식단을 바꾸지 않았고 사람들이 암 치료에 효과가 있다고 권하는 것도 절대로 먹으려 들지 않았다.

"매화꽃이 폈어요. 보셨어요?"

내가 묻자, 메이코 씨가 손길을 멈추고 "어디에?" 하고 물었다.

"야간 출입구 앞에요."

메이코 씨는 감이 잡히지 않는지 "그래?" 하고 의아한 듯 되물었다.

"활짝 폈어요. 하얀 꽃이. 엄청 예뻐요."

메이코 씨에게 말하면서 숨을 헐떡이는 엄마에게도 말을 건다.

「엄마, 매화꽃이 활짝 폈어. 하얀 꽃이야. 예뻐.」

"이제 금방 봄이네. 조금만 참으면."

메이코 씨가 대답하자 엄마의 오른쪽 눈썹이 살짝 움직였고 미간의 주름이 조금 깊어졌다가 다시 원래로 돌아갔다. 메이코 씨가 와있는 상황을 이해하고 있는 것이다.

"상속 문제는 끝나가요?"

메이코 씨에게 그렇게 묻자 엄마의 눈꺼풀이 아주 살짝 올라가면서 까맣고 촉촉한 수정체가 보인 듯한 기분이 들었다. 엄마도 그 문제가 마음이 쓰이는 것은 아닐까.

"응, 대충 고비는 넘긴 것 같아."

"시누이는 수긍하던가요?"

"간신히. 갑자기 수십 년 전의 일을 꺼내길래 복잡해지려나 했는데."

그때 병실 문이 열리면서 복도의 불빛이 쏟아져 들어왔다.

간호사가 들어오자 나도 메이코 씨도 반사적으로 일어나 자리를 비켜주었다. 간호사가 엄마의 머리맡으로 다가가서 계측기를 한차례 확인한다. 엄마는 원래대로 다시 눈을 꼭 감은 채 숨을 헐떡이고 있다. 수치에 문제가 없었는지 가볍게 고개를 숙인 후 나가려는 간호사를 나도 모르게 불러 세웠다.

"가래를 빼내지 않아도 괜찮아요?"

간호사가 미안한 듯 웃는다.

"너무 자주 하면 목에 상처가 생겨서 안 좋아요."

"아, 그렇군요." 하고 어깨를 떨구는 내게 간호사는 인사를 한 후 나갔다. 메이코 씨와 나는 원래의 의자에 앉아 한숨을 쉬었다.

어둠 속에서 가습기 소리가 다시 울렸고 엄마의 눈가에서 힘이 빠져나가는 듯 보였다.

"시누이와는 어떤 이야기를 했어요?"

메이코 씨가 의아한 얼굴로 나를 봤다.

"상속 문제로 만났을 때 말이에요."

내 말을 이해한 메이코 씨는 조금 웃고는 고개를 좌우로 흔들었다.

"지금 할 만한 이야기가 아니야."

"얘기해 주세요. 엄마도 듣고 싶을 거예요."

메이코 씨는 잠시 망설였지만 내가 계속 조르자 한껏 목소리를 낮춰 이야기를 시작했다. 마치 아이를 재우는 듯한 목소리였다.

"시누이가 갑자기 울음을 터뜨렸어. 시어머니 얘기를 꺼내자마자."

괴로운 듯 위아래로 들썩이는 엄마의 가슴을 보면서, 패밀리 레스토랑에서 맞은편에 앉아 고개를 숙이고 코를 훌쩍이는 나오코 씨를 상상했다.

"설마 울 거라는 생각은 못 했어. 시어머니 장례식에서도 뚱한 얼굴로 눈물 한 방울 보이지 않았거든. 그런데 갑자기 울기 시작하니까.

시누이가 그러더군. 아버지가 돌아가신 후 엄마가 남자를 계속 집으로 데려왔다고. 밤중에 화장실에 가려고 일어나면 낯선 남자가 방에 있고 엄마는 처음 들어보는 목소리로 웃고 있었다고. 또 다른 날 밤에는 엄마가 집에 없어서 불안한 마음에 울고 있는데 술에 취한 엄마가 들어오고 그 뒤에는 또 낯선 남자가 서 있었다고. 술 냄새가 엄마를 다른 사람처럼 느끼게 만들었대. 그런 일이 수차례 있었다는 거야. 그때 생각했어. 이 사람이 품고 있던 것이 이런 것이었구나, 하고.

하지만 이상해. 시아버지가 돌아가신 건 시누이가 여섯 살 때야. 일흔이 넘은 지금에 와서 그런 옛날 일을 꺼내다니. 이미 초등학생 손자가 있는 사람인데. 원래 사람은 이런 식으로 어렸을 때의 기억을 끌어안고 사는 걸까?"

어린 나오코 씨가 엄마를 기다리던 그 집은 내 상상 속에서 다이키가 사라진 그 대로변 맨션이 되어있었다. 나오코 씨가 아버지를 여의었을 때의 나이에는 아직 그 맨션에 살고 있지도 않았는데.

어렸을 때 집에 손님이 오면 빨리 돌아가기만을 기다렸다. 아이라는 존재는 놀라울 만큼 탐욕적으로 부모를 독점하려고 하는 듯하다.

나는 다이키의 부친을 싫어하지는 않았다. 하지만 다이키의 부친과 함께 있는 엄마는 역시 마음에 들지 않았던 것 같다.

그렇게 생각한 순간 다이키의 부친이 살았던 히로시마의 집이 눈앞에 펼쳐졌다. 푸른 물에 잠긴 집. 식탁 다리. 집 구석구석에 쌓인 먼지. 흐릿하게 남은 아버지의 느낌.

그 이후로 엄마는 다이키의 부친과 관계를 회복하지 않았고, 내가 다이키의 부친과 얼굴을 마주할 일은 없었다. 다이키를 잃은 슬픔에 아무것도 생각할 수 없는 날들이 흘러가고 난 뒤 그 남자와의 관계가 예전에 끝났다는 사실을 엄마도 상기했는지 모른다. 아니면 내가 베개 밑에 우산을 넣어둔 것을 알고 나의 혐오감을 헤아린 것일까. 엄마는 우산을 발견하고 왜 그랬는지 물었다. "나를 해치우려고."라고 다이키의 부친이 웃으면서 말했고, 나는 아무런 대답도 하지 않았다.

엄마도 더는 아무 말도 하지 않았다.

메이코 씨는 이야기를 계속하고 있었다.

"알고는 있어. 칠십 년 내내 미워하기만 했던 것은 아니라는 걸. 모친의 마음을 이해한 적도 있었겠지. 단지 삶이 힘들어지고 무언가의 탓으로 돌리고 싶어질 때 예전의 응

어리가 불려 나왔을 뿐이야."

「아니야.」

침대 위에서 헐떡이는 가녀린 몸에서 희미한 목소리가 들린다. 뼈가 불거진 가슴이 위아래로 들썩였다.

그 몸의 주인이 엄마인지 사치코 씨인지 알 수 없다.

"그러고 보니 남편이 회사원이었을 때 승진하거나 계약이 성사되면 뛸 듯이 집에 돌아와서는 시어머니 무릎에 매달려 보고하고는 했어. 그 모습을 보고 시험에서 좋은 점수를 받아 칭찬받고 싶어 하는 아이 같다고 생각했지.

그 사람은 자신이 아무리 출세해도 어머니를 기쁘게 해줄 수 없다고 생각했던 것 같아. 어머니는 자신이 아버지의 회사를 되찾아주기를 원한다고 생각했으니까. 시어머니가 재혼도 하지 않고 회사 임원으로 계속 남아있던 이유도 그 때문이라고 생각했어. 하지만 마사나오 씨는 가만히 있어도 거저 사장이 된다는 말이 듣기 싫어서 히피 흉내를 내며 세계를 떠돌다가 결국 다른 회사에 취직해버렸잖아. 어머니를 실망시켰다는 부채감을 계속 안고 있었어. 부모에게서 벗어나 원하는 일을 하고 싶은 마음과 부모를 기쁘게 해주고 싶은 마음이 늘 뒤엉켜있었어. 퇴직 후에 바를하겠다고 한 것은 그 사람의 마지막 도전이었을 거야. 하지

141

만 그것마저 실패하자 어머니를 기쁘게 해줄 수도 없고 도망칠 수도 없게 됐지. 할 수 있는 일은 술로 도망가서 몸을 망가뜨리고 내게 소리를 지르는 것밖에 없게 된 거야."

침대에 매달려있는 남매가 보인다.

어린 남동생은 머리맡에서 흐느껴 운다. 누나는 시끄럽다고 울지 말라고 화를 내고 있다. 두 사람의 모습을 보면서 다이키의 뒷모습이 이러했었나, 생각한다.

"시아버지가 돌아가신 건 업무 중의 사고였대. 어떤 사고였는지는 몰라. 전쟁의 영향이 있었는지도 모르겠고. 여하튼 시어머니가 고생하신 건 분명해. 전쟁이 끝나고 4년밖에 지나지 않았을 때니까. 물자나 식료품도 부족했을 테고 여자가 할 수 있는 일은 거의 없었겠지. 회사가 도산하지 않도록 동생에게 사장 자리를 넘기고 자신도 임원이 되었어. 그 당시는 여성이 한 인간으로서 제대로 대접받던 시대가 아니었으니까 남편을 잃고도 먹고 살 수 있는 것만도 다행이었지만 그래도 불안했을 거야. 회사에서 쫓겨나면 길거리에 나앉는 수밖에 없으니까. 아이가 싫어한다는 것도 알았고 분명 미안해했겠지. 전쟁에서 남편을 잃은 여자는 혼자 사는 것이 미덕이라고 여겼잖아. 그런 분위기를 만들어두지 않으면 남자들이 안심하고 죽을 수가 없지. 미망

인이 다른 남자와 연애한다니 당치 않은 일이었어. 시어머니도 분명히 그런 생각에 얽매여있었을 거야. 시어머니는 그런 사람이었으니까. 세상의 눈을 너무 두려워해서 아이에게 웃어주지도 못했어. 미안하고 죄스럽고, 그런데도 엄마를 갈구하는 아이들 때문에 울던 날도 있었을 테지. 그럴 때는 시누이와 마사나오 씨가 등을 어루만져 주며 위로해 줬을 거야, 분명히."

「아니야」

밤중에 술에 취해 돌아온 엄마는 늘 기분이 좋았고 상냥했다. 그럴 때 엄마는 혼자 방에 들어가 술을 더 마셨다. 인기척에 잠에서 깬 나는 엄마가 방에 있다는 것을 알면 담요를 들고 몰래 들어갔다. 그러면 엄마는 나를 쫓아내지 않고 음악을 들려주기도 하고 의자에서 잠든 나를 스케치하기도 했다.

어느 날 밤, 방문을 열었더니 엄마가 울고 있었다. 다이키가 세 살인가 네 살 정도였을 때니까 지금 생각하면 다이키의 부친과 관계가 끝났을 즈음이었던 같다. 엄마는 재빨리 눈물을 훔쳤지만, 이미 눈이 빨갛게 부어있었다.

무슨 일이냐고 묻는 엄마의 목소리는 날카로웠다. 나는 아무것도 아니라며 고개를 숙였다. 엄마의 등을 어루만져

주는 일 따위 할 수 없었다.

「미안해. 지카, 미안해.」

엄마가 다시 살며시 눈을 뜨며 까만 수정체를 보여주었다.

그 까만 수정체가 내게 말했다.

「내가 보는 눈이 없어서야. 네 마음을 알아챌 여유가 없었어.」

까만 수정체가 물기를 머금고 아른아른 흔들리는 것처럼 보였다.

「괜찮아, 괜찮아. 엄마는 그 사람과 다시 만나지 않았잖아. 아버지라고 부르게 하지도 않았고.」

「다시 만나지 않았던 건 이미 관계가 끝났기 때문이야. 그저 그뿐이야. 네 생각을 해서가 아니야. 베개 밑 접이 우산의 의미를 깊게 생각하지도 않았어. 알고 싶지 않았어.」

「다이키 일로 여유가 없었으니까.」

「그래. 하지만 그건 너도 마찬가지였어.」

메이코 씨의 목소리가 멀게 들렸다.

"사실은, 기요코 씨가 지카 씨에게 집에 와달라는 말도 못 하고 조심스러워하는 모습이 우리 시어머니랑 조금 닮았다고 생각했어. 기요코 씨는 자신이 딸에게 미안한 짓을 했다고 자주 말했어. 부모가 다투는 모습을 보였다고. 딸

앞에서 아버지의 뺨을 때렸다고."

「아니야, 아니야」

까만 수정체를 보이며 고개를 흔든다. 엄마의 목소리가 비명처럼 들린다.

「미안해서가 아니었어.」

"그렇지 않아요."

메이코 씨가 황급히 말을 이었다.

"아, 물론 똑같지는 않아. 시어머니는 기요코 씨처럼 그 사실을 마주하려고 하지 않았으니까. 하지만 살아온 환경도 성격도 남편을 잃게 된 사정도 전부 다른데 똑같이 죄책감을 느끼는구나, 하는 생각이 들었어. 그러니까 그것은 개인의 문제가 아니라 사회의 문제겠지만."

"응, 그건 알아요. 하지만 달라요. 그게 아니라…."

말을 정리하려고 하면 할수록 머릿속에 엄마의 목소리가 울렸다.

「미안했어. 하지만…」

"죄책감이 아니라…."

메이코 씨가 이야기를 멈추고 나의 다음 말을 기다리고 있다.

"엄마는 스스로 결정했어요. 말하고 싶어도 못 했던 게 아니라요. 내게 와달라는 말을 하지 않기로 스스로 선택한 거예요."

메이코 씨는 내 호흡에 맞춰 고개를 끄덕이면서 이야기를 받아들이고 있었다.

"엄마는 원하는 대로 살아왔어요. 정말로 제멋대로였어. 하지만 그 덕분에 나도 원하는 대로 살면 된다는 생각을 할 수 있었어요. 어쩌면 원하는 대로 살아도 된다고 내게 가르쳐주기 위해서 엄마가 먼저 원하는 대로 살았는지도 몰라. 그렇게 생각해요. 그래서."

「지카, 그러면 됐어. 네가 그렇게 생각해 주면 된 거야.」

"미안해. 무슨 말을 하는지 모르겠어."

메이코 씨가 가만히 고개를 저었다.

엄마가 턱을 내민 채 가쁜 숨을 쉬고 있었다. 갓난아기처럼 무심하게 들어 올린 눈꺼풀 너머에서 검은 수정체가 빛나고 있다.

「나는 원하는 대로 살고 싶었어. 너를 핑계 삼고 싶지 않았어. 여자라서 참아야 하는 시대는 이미 끝났다고 생각했으니까. 엄마 혼자가 아니라 아빠도 사회도 함께 키우는 거라고 네 아빠가 그렇게 말했어. 내 일을 존중해 주는 것처럼 보였지. 하지만 네 아빠는 육아는커녕 밥벌이도 제대로 하지 않는 사람이었어. 나는 혼자서 아이를 키우고 집 안일을 하고 일을 해야 했어. 갈수록 일을 할 수 있는 시간은 줄어들었고 난 미쳐버릴 것 같았어. 나는 내 인생을 포기하고 싶지 않았어. 그래서 난 네 아빠와 헤어진 거야. 차라리 혼자인 편이 편했으니까. 돈은 없었지만 내가 혼자가 되면 친구나 동료들도 부담 없이 도와줄 테니까. 그 사람은 집에 다른 사람이 오는 것을 싫어해서 친구들도 남편이 있을 때는 도와주기 꺼려 했어. 혼자가 되면 아이를 맡기는 것도, 식비를 줄여서 도우미를 부르는 것도 내 마음대로 할 수 있으니까. 뒤에서 험담하는 사람도 있었어. 하지만 아이가 불쌍하다는 소리를 하는 사람일수록 아무것도 도와주지 않아. 나는 이상을 너무 믿었던 것 같아. 내게는 아버지가 없었으니까. 이 나라의 남자들에 대해 너무 몰랐어. 하지만 난 혼자가 된 걸 후회하지 않아. 이 나라에서 살아가기 위해서는 그렇게 하는 수밖에 없었어. 그렇게 하는 것 외에는 계속 그림을 그릴 방법이 없었어. 나는 그렇게 살기로 선택한 거야. 이혼했을 때도 다이키가 죽었을 때도 네가 존재했기 때문에 버틸 수 있었다고 진심으로 생각해. 고마워하고 있어. 하지만 너는 이미 성인이야. 부모와 같은 길을 걸을 수밖에 없는 어린애가 아니야. 그러니까 자신의 길을 걸어야 해. 부모를 위해 무언가를 희생하는 게 아니라 자신을 위해 살아가야 해. 그것이 내가 믿어온 이상이니까. 네게 내 병을 알리지 말까 하는 생각도 했어. 배려가 아니야. 나와 너의 자유를 위해서, 이상을 위해서. 하지만 병이 악화되면 어쩔 수 없이 네 도움을 받아야 할 테니까 말을 안할 수도 없었어. 처음에는 너도 나를 살려보겠다고 항암에 효과가 있다는 것을 필사적으로 먹이려고 했지. 나는 거부했고 결국 싸움이 되곤 했어. 그러는 동안 너도 지칠 대로 지쳐서 내게 무얼 먹으라고 강요하지 않게 됐어. 네가 말했지. 이건 애정이 아닌 지배욕이라는 생각이 들었다고. 난 자랑스러웠어. 그런 생각에 다다른 네가, 내 인생을 존중해준 네가, 이상을 믿는 네가.」

엄마가 '후우' 하고 숨을 토해냈다. 어느새 호흡이 느려져 있었다.

"기요코 씨?" 메이코 씨가 엄마의 얼굴을 들여다보았다.

손가락 끝에 달린 산소 농도 측정기를 보니 숫자가 표시되지 않았다. 놀라서 멈칫하는데 숫자가 다시 표시되었고 얼마 후 또다시 사라졌다. 기계 고장이라는 생각에 머리맡의 간호사 호출 벨을 눌렀다.

"이거 고장 난 거 같아요. 바꿔주실래요?"

간호사에게 말하자 간호사는 산소 농도 측정기를 보더니 미안한 듯 말했다.

"고장 난 게 아닙니다. 측정 불가 상태예요. 선생님을 부르겠습니다."

병실을 나가는 간호사를 붙잡으려고 했지만 메이코 씨가 제지했다. 여기에 있는 게 나아. 곁에 있어 줘.

엄마는 창백한 얼굴로 쌔근거리고 있었다.

"엄마." 하고 소리를 내어 불러보았다.

눈꺼풀 사이로 까만 수정체가 반짝였다.

"옆으로 누이는 게 나을 것 같은데."

엄마의 등 밑에 손을 넣어 옆을 향하게 한 후 등에 베개를 받쳤다. 엄마는 태아처럼 팔을 구부려 웅크리고 등을 둥글게 말았다. 산소 농도 측정기에 수치가 표시되었다. 메이코 씨가 짧게 환호성을 지른다. 하지만 수치는 서서히 내려갔고 점멸하다가 사라졌다.

"안 되겠어. 역시 똑바로 눕혀야겠어."

"이제 됐어. 그만해. 가만히 두는 편이."

메이코 씨가 슬픈 목소리로 말하며 내 팔을 잡았다.

"하지만 이대로 두면…"

엄마의 호흡이 조금씩 약해져 갔다.

「그러니까, 그러니까 너는 내게 얽매이지 않아도 돼. 나를 위해 아무것도 못 했다고 후회하지 않아도 돼. 네가 그렇게 살아가는 것이 나의 이상.」

엄마의 팔을 붙잡고 까만 수정체를 응시했다.

「아직 그리고 싶은 그림이 있잖아. 브라질에 간다고 했잖아.」

분명히 엄마가 웃는 것 같았다.

병실 문이 열리고 아까의 간호사가 의사를 데리고 들어왔다. 원래의 담당의가 아니라 당직인 젊은 여의사였다. 의사에게 자리를 비켜줄 수밖에 없어서 침대 반대편으로 돌아가 의사의 표정을 응시했다. 의사는 별다른 처치도 하지 않고 맥을 짚으면서 엄마의 모습을 지켜보고 있다.

"어떻게 손을 쓸 수는 없나요? 가래를 제거하면 좋아지지 않을까요?"

「이제 됐어, 지카야. 이제 됐어.」

"대답해 주세요."

화난 목소리에 의사는 내 쪽을 흘깃 보고는 살짝 고개를 숙였다.

메이코 씨는 입가를 손으로 가린 채 커다란 눈에 눈물을 글썽이고 있다.

「미안해, 이상을 너무 믿어서.」

"나는."

엄마의 하얀 귀에 입술을 가까이 대고 커다란 목소리로 천천히 말했다.

"나는 불쌍한 아이가 아니야."

까만 수정체가 부풀어 올랐고 투명한 물이 흘러내렸다. 엄마의 몸이 점점 더 하얘진다.

"엄마, 듣고 있어? 나는 불쌍하지 않아. 싫었던 기억을 잊을 수는 없어. 하지만 살아갈 거야."

엄마의 몸에서 마지막 힘이 빠져나갔다. 더 이상 말을 할 수 없었다.

메이코 씨가 소리 높여 울었다.

의사가 맥을 짚어 사망을 확인한 후 시간을 알리자, 엄마의 벌어진 입에서 주먹만 한 크기의 투명한 분홍색 덩어리가 흘러나왔다. 목의 긴장이 풀리면서 막혀있던 가래가 흘러나온 것이었다. 손을 뻗을 틈도 없이 간호사가 재빨리 가래를 걷어내고 엄마의 입가를 닦았다. 미리 빼 줬으면 개운했을텐데, 하고 생각했다.

분홍색의 축축한 덩어리가 엄마의 혼처럼 보였다.

그걸 어떻게 할 것인지 간호사에게 물어보려다가 그만두

었다. 버리는 것 외에 다른 답이 있을 리 없었다.

혼이 빠져나간 엄마의 몸은 하얗고 투명했다.

9

요이치 씨의 장례에는 오백 명 이상이 다녀갔다.

아직 날이 채 밝기 전에 요이치 씨의 시신이 산으로 돌아왔고 코지냐에 관을 안치하자 그때를 기다렸다는 듯이 심야버스와 자가용을 이용해 시내에서 온 사람들이 도착했고 끊임없이 사람들이 찾아왔다.

요이치 씨가 매일 아침 밭에 나갔던 시간이 되자 근처의 '카마라다'라고 불리는 노동자들도 평상시처럼 찾아와 요이치 씨에게 작별 인사를 했다.

관 속의 요이치 씨 얼굴을 본 후 코지냐에 있는 가족과 잠시 이야기를 나누고 그대로 돌아가는 사람도 많았고, 농장 사람들과 함께 점심을 먹고 저녁에 있을 장례식을 기다리는 사람도 있었다. 멀리서 달려와 준 사람들은 하룻밤을 묵게 될 것이다.

오후 4시 무렵부터 관이 묘지로 옮겨졌고 장례식이 시작되었다. 일본과는 달리 아무도 상복을 입지 않았다. 관은 주황색과 분홍색 등의 화려한 꽃으로 가득 채워졌다. 꽃들은 붉은 대지와 파란 하늘과 어우러지면서 더욱 선명한 색채를 띠었다. 엄마 때도 아예 이처럼 화사하게 해줄 걸 그랬다는 생각이 들었다. 아무리 화사하게 꾸며도 꽃향기에 둘러싸이자 역시 장례식임을 실감하게 되었다.

브라질에서는 아직 장사를 매장으로 치르는 경우가 많았다. 매장한 후 몇 년이 지나면 다시 유골을 꺼내서 깨끗하게 씻은 후 봉안당에 안치한다고 한다. 에쓰코 씨가 성인은 5년, 어린이는 3년이라고 하자, 아사코 씨는 미간을 찡그리며 3년은 너무 짧다고 말한다.

그날 밤은 장례식이 끝난 후에도 남아있는 손님이 많았고, 아사코 씨가 피아노로 추모곡을 연주하는 등 애도하는 분위기 속에서 지나갔다. 하지만 다음날이 되자 모든 것이 일상으로 돌아왔다.

아침부터 비가 오락가락했다. 거의 3주 만의 비였다.

비가 그치고 어렴풋이 파란 하늘이 보이는가 싶다가도

다시 비가 흩뿌렸고 때로는 스콜처럼 세찬 빗줄기가 쏟아졌다. 이 비가 조금만 일찍 내렸다면 마른 모래가 시야를 가리는 일도 없었을 테고 요이치 씨의 사고도 일어나지 않았을 것이라고 모든 사람이 생각하고 있을 것이다.

점심 식사 설거지를 끝낸 후 코지냐에서 메이코 씨와 커피를 마시고 있었다.

아사코 씨는 오늘 종일 방에서 쉬고 있다. 그렇게 홀로 시간을 보내고 있는 사람이 또 있는 걸까. 비 오는 날에는 야외 작업을 하지 않아서 모두 코지냐로 모이는데도 오늘은 기분 탓인지 한산하게 느껴졌다.

양은 주전자에 담긴 설탕 커피를 컵에 더 따른다. 일본에 있을 때는 커피에 설탕을 넣지 않았다. 하지만 브라질의 태양에는 진하고 달콤한 커피가 어울린다. 일본에서 가져온 초콜릿 상자를 열어 메이코 씨 앞에 놓았다.

메이코 씨가 초콜릿 한 조각을 집어 입에 넣는다. 얼굴은 부었고 눈가에 어렴풋이 붉은 기가 맴돌았다. 가족을 잃은 사람의 얼굴이다.

"나도 모르게 생각이 나버렸어. 경찰에게서 그 사람의 시신을 인수한 날 밤, 난 딸에게 말했어. 아빠의 좋은 점만 기억하자고. 하지만 그 애는 그럴 수 없다는 거야. 자신은 아빠에 대해 전부 잊어버릴 거라고, 아빠와의 좋은 기억 따위 없다고."

"유리 씨도 괴로웠을 거야." 테이블 위에 시선을 떨구며 나지막이 말했다.

"하지만 그 사람은 그 사람 나름대로 유리를 사랑했어."

"그래도 어쩔 수 없어. 아이에게는 부모를 싫어할 권리가 있으니까."

그 말에 메이코 씨가 침묵하자 나는 조금 당황했다.

"걱정하지 마. 전부 잊는다는 건 불가능해. 그냥 유리 씨의 감정도 인정해 줬으면 해. 싫었다고 하면 부모를 비난하는 게 되지만, 그래도 솔직하게 말하는 것이 자신을 소중히 여기는 것이 아닐까. 그러니까…"

메이코 씨가 고개를 들었다. 나는 숨을 삼키고 그 입가를 응시했다.

메이코 씨는 천천히 입술을 열고 "그러네," 하며 조그맣게 숨을 내쉬었다.

"그 사람과 결혼했을 때 상파울루에서 미국으로 건너가 뉴욕과 뉴올리언스를 여행하고 일본으로 갔어. 뉴욕에는 그 사람이 일했던 스테이크하우스가 있는데 아직 받지 못한 급여가 남아있었거든. 쌍둥이 빌딩에서 눈으로 새하얗게 뒤덮인 거리를 봤어. 허드슨강 너머로 뉴저지가 어렴풋이 보였고. 지금은 테러로 사라진 그 쌍둥이 빌딩에서. 비행기가 들이받아서 무너지는 모습을 텔레비전으로 봤을 때는 정말 충격이었지. 그리고 5번가에서 쇼핑을 하고 브로드웨이에서 라이자 미넬리*의 〈카바레〉도 봤지. 그 사람은 너절하게 찢어진 청바지를 입고 있어서 상점에 들어가면 점원이 싫은 표정을 지었는데 현금으로 계산하는 순간 친절해져. 이곳은 그런 거리라고 했어."

가만히 이야기를 듣고 있었다. 엄마가 돌아가신 후 메이코 씨가 해준 엄마와의 추억담이 내게 큰 힘이 되었던 사실을 떠올리면서.

"그 사람은 내게 코트랑 부츠를 사줬는데 그 대신 산에서 가져온 외출복을 전부 버리라고 했어. 엄마가 만들어준 옷은 촌스럽다고."

"정말?" 나도 모르게 큰소리로 되물었다. 메이코 씨가 자조적으로 웃었다.

"너무하지? 전부 호텔에 두고 왔어. 엄마가 결혼 선물로 만들어준 바지 정장만은 버릴 수 없어서 일본으로 가져갔

---

*   Liza May Minnelli (1946-), 미국의 영화배우

지만 입을 때마다 촌스럽다고 하니까 잘 안 입게 되더라고.
얼마 안 가서 그것도 버렸어."

메이코 씨의 목소리는 웃는 것 같기도 하고 우는 것 같기도 했다.

"짜증 나게 자꾸 그런 것들만 생각나. 좋았던 것만 기억하는 건 역시 불가능해."

"맞아, 맞아." 과할 정도로 맞장구를 치며 말했다.

"밤늦게 집으로 향하는 언덕길을 오를 때면 생각이 나. 귀가가 늦어지면 늘 화를 냈던 일. 오늘은 뭐라고 변명할지 생각하지 않아도 되니 다행인데 쓸쓸해."

메이코 씨는 그렇게 말하고는 침묵했다.

도요코선 전철역에서 메이코 씨의 집으로 향하는 야트막한 언덕길을 떠올린다.

처음 도쿄에 왔을 때 하얀 하늘에 고사목 같은 나무들이 살풍경이었고 빽빽하게 늘어선 작은 집들이 답답하게 느껴졌다고 했었다.

아, 그렇구나. 엄마는 이렇게 메이코 씨의 눈으로 세상을 보고 있었구나 생각했다. 그렇게 보니 내가 잘 알고 있던 세계가 모습을 바꾸기도 하고 모른다고 생각했던 세계가 같은 모습으로 보이기도 했다.

"메이코 씨가 전에 말했었지? 마사나오 씨가 죽은 뒤에 밤에 집에 있기 싫어서 혼자 전철을 타고 종점까지 갔다 왔다고."

느닷없는 내 질문에 메이코 씨는 살짝 긴장하며 나를 보았다.

"그랬지. 근데 왜?"

"전에 들었을 때는 쓸쓸한가 보다 했는데 지금은 그게 옳았다는 생각이 들어서. 사람을 만나면 술을 마시게 될 거고 자신의 목소리를 들을 수 없게 되니까."

메이코 씨는 안심한 듯 몸의 긴장을 풀고 웃었다.

"혼자 있고 싶었던 거지. 다른 사람 집에 가면 괜히 마음 쓰게 만들 거고. 그 사람 이야기를 꺼내면 푸념만 늘어놓게 되니까."

거리를 헤매면 다리가 아프고 그렇다고 밖에서 가만히 있으면 감기 걸리기에 십상이다. 그런 의미에서도 전철은 완벽한 방법이라고 생각한다. 농장에서는 전철역까지가 멀고 전철 운행 간격도 길어서 힘든 방법이지만.

밖에서 아이들이 뛰노는 소리가 들렸다.

그 소리에 이끌리듯 메이코 씨가 일어섰다. 나도 따라서 일어섰다.

코지냐에서 외부 복도로 나가자 눈이 부셔서 눈을 찡그렸다. 비가 개고 파란 하늘이 조금씩 얼굴을 드러내고 있었다. 비에 젖은 나무 냄새가 났다. 붉은 모래 광장에는 곳곳에 물웅덩이가 생겨 햇살에 반짝이고 있다.

아이들은 광장에 생긴 물웅덩이에서 놀고 있었다.

아이들 쪽으로 걸어가는 메이코 씨를 따라 나도 질퍽해진 모래 광장에 조심스럽게 발을 내디뎠다.

아이들은 이내 우리를 발견하고는 달려왔다. 함께 돼지 우리에 갔었던 가즈가 내 손을 끌어당겼다. 광장 한가운데까지 가더니 물웅덩이 하나를 가리키며 보란 듯이 나를 올려다보았다. 그곳에는 파란 하늘이 비치고 있었다. "예쁘다!" 내가 그렇게 외친 순간 가즈가 물웅덩이 속으로 뛰어들었다. 붉은 모래가 섞인 물이 사방으로 튀면서 옷을 적셨다. 그다지 차갑지는 않았다. "뭐 하는 거야." 하고 웃으면서 나도 물웅덩이로 뛰어들었다. 아이들이 비명을 지르며 다른 물웅덩이로 달려갔다. 나는 그 아이들을 쫓았다. 다른 아이가 메이코 씨 쪽으로 달려가 물 위에서 점프했다. 정면으로 물을 뒤집어쓴 메이코 씨는 "해보자는 거지!"하면서 아이들을 뒤쫓았다. 아이들이 흥분된 웃음소리를 내지르며 빨개진 얼굴로 흩어졌다. 붉은 모래를 박차며 아이들의 작은 등을 쫓았다. 작은 몸에서 수증기가 피어났다. 우리는 옷도 신발도 온통 붉은 모래투성이가 되었다.

메이코 씨가 갑자기 멈춰 서서 고개를 돌렸다.

"비 온다."

메이코 씨의 시선 끝을 따라가 보니 나무 사이로 어두워진 먼 하늘이 보였다. 주변이 어두워지기 시작하자 아이들은 웃으면서 "도망가!" "도망가!" 하고 외치며 코지냐로 들어갔다.

하지만 메이코 씨는 움직이지 않았다.

"메이코 씨, 금방 비가 내릴 거 같아. 들어가자."

주변이 서서히 어두워지고 습한 바람이 불어왔다.

이내 어깨와 이마에 빗방울이 떨어졌다.

나는 "메이코 씨." 하고 부르면서 팔을 잡아당겼다.

빨리, 빨리 안 하면 비가 내릴 거야.

땅콩밭에서 마른 가지에 불을 붙이며 돌아다녔다는 메이코 씨의 이야기가 떠올랐다.

빨리, 빨리.

"왜 죽어버린 걸까. 요이치도, 그 사람도, 기요코 씨도."

어두워진 하늘을 응시한 채 메이코 씨가 말했다. 그 얼굴에 빗물이 흘러내렸다.

"그거야 알 수 없지만…."

머리카락을 타고 물방울이 떨어졌다. 붉은 모래가 흘러내렸다.

"엄마가 돌아가시지 않았으면 했어. 하지만 만약 엄마가 살아계셨다면 메이코 씨랑 이렇게 가까워질 수 없었을 테고, 브라질에도 오지 않았을 거야. 아직 일 년 반밖에 지나지 않았는데도 내 인생은 이미 엄마의 죽음 없이는 생각할 수 없게 됐어. 다이키도 그래. 다이키가 살아있다면 어떠했을지 이제는 상상도 안 돼. 두 사람의 죽음은 슬퍼. 그런데도 그 죽음을 부정할 수도 없어. 그건 분명 나 자신의 인생을 부정하고 싶지 않기 때문이라고 생각해. 둘의 존재를 배제한 나의 인생은 생각할 수 없으니까. 두 사람의 존재를 긍정하기 위해서는 죽음까지도 긍정해야 한다고 생각해."

메이코 씨가 나를 응시하며 말했다.

"결국 아무도 구하지 못했어."

"그러니까 그건."

"나도 알아, 하지만." 메이코 씨가 안타까운 목소리로 말했다.

"오히려 내가 그 사람을 치유할 수 없다는 사실을 좀 더 일찍 인정했어야 했던 거지. 알아. 하지만 왜 이렇게 돼버렸는지를 생각하고 싶어. 무엇이 그 사람을 사지로 내몰았는지. 그 이유를 알아내는 것이 자신을 긍정하는 거라고 생각하거든."

메이코 씨가 갑자기 내 팔을 붙잡고 빗속을 달리기 시작했다.

순간 앞으로 고꾸라질 뻔했다. 붙잡힌 팔이 아프고 숨쉬기가 힘들었다.

마사나오 씨가 내지르는 고함소리. 두려움. 헐떡이는 가슴. 찌부러진 자동차. 색색의 꽃들. 아이들 소리. 모래의 차가운 감촉. 비 냄새. 나무들이 비에 젖는 냄새. 꽃과 선향 냄새. 엄마의 그림. 어두운 색조의 그림물감. 양동이를 들여다보는 다이키. 개구리 인형. 베란다의 화분. 파우더룸의 바닥. 빛. 병원 복도. 상복을 입은 사람들. 고함치지 마, 고함치지 마. 시끄러워.

비는 점점 거세지고 시야가 흐려졌다. 앞이 잘 보이지 않았다. 멀리서 다가오는 소리. 빗소리.

물방울에 풍경이 일그러졌다. 하얀 빛. 빛. 빛. 빛.

언젠가 들었던 메이코 씨의 목소리가 머릿속에서 울렸다.

"나는 후회하는 게 아니야. 그 사람과 결혼하고 이 나라에 온 것. 그 사람과 결혼해서 유리를 낳고 시어머니를 보살핀 일. 그 사람이 움직일 수 없게 된 후로는 내가 그 사람을 부양했어. 그 일들에 긍지를 갖고 있어. 그 사람과 결혼하고 일본에 왔다는 그 선택을 나는 긍정하고 싶어.

난 단지 상기시켜주고 싶었을 뿐이야. 내가 어떤 곳에서 태어나 어떻게 자랐는지를. 세계는 한 가지 모습이 아니라 다양하다는 것을. 그 사람이 신약 부작용으로 걸을 수 없게 되었을 때 생각했어. '이제 브라질에는 데려갈 수 없겠구나' 하고. 그리고 방금 깨달았어. 난 그 사람을 다시 한번 브라질에 데려오고 싶었던 거야."

밝고 건조한 목소리였다. 어딘가 멀리서 들려오는 목소리 같기도 했고 내 안에서 들리는 목소리 같기도 했다.

"그 사람이 커다란 배낭 하나를 메고 산에 왔을 때를 지금도 기억해. 긴 파마머리에 너덜너덜한 청바지를 입은 그 사람을 보고 더럽고 지저분한 사람이라고 생각했어. 그것이 유행하는 패션이라는 것을 알고 깜짝 놀랐지. 청바지의 엉덩이 부분이 찢어졌길래 내가 꿰매줬는데, 그게 그 사람과 대화를 나누게 된 계기였어.

그 사람은 밭일 같은 건 해본 적이 없다 보니까 자세가 엉거주춤해서 자주 놀림을 당했어. 기름종이를 두르지 않고 밭에 나갔다가 바지에 온통 가시풀을 묻히기도 했고, 밭에 뿌릴 닭똥이 담긴 마대를 메려다가 실패해서 얼굴에 닭똥을 뒤집어쓰기도 했어.

산 사람들은 정말 냉정하네. 그 사람은 웃으면서 말했지만, 사실은 상처받았는지도 몰라.

내가 가장 좋아하는 작업은 숲을 개간하는 거였어. 아버지 시대만큼 자주는 아니지만 근처의 콜로니아에서 새롭게 숲을 개간할 때는 산의 청년들도 도우러 갔거든.

가장 먼저 커다란 나무를 잘라. 두 사람씩 양쪽 끝에 손잡이가 달린 기다란 톱을 잡고 나무를 잘라서 쓰러뜨리는 거야. 한 번은 톱질을 하다가 빈혈을 일으켜서 요이치가 대신해 준 적이 있어. 마지막에는 아마 사슬 톱을 사용했을 거야. 여자들은 힘을 쓰는 그런 작업은 별로 하지 않았어. 여자들은 손도끼로 쓰러진 나무의 가지를 치는 작업을 했어. 커다란 나무줄기에 도끼를 꽂으면 껍질이 툭 벗겨지는데 그 느낌이 재밌고 좋았어. 껍질을 벗긴 나무줄기는 반질반질해서 하얀 석고상 같아. 그다음에 노야키*할 장소 주변의 풀을 베서 불이 번지지 않도록 해놓고 마른 나뭇잎에 불을 붙여. 불을 붙이는 것은 내 역할이었어. 그리고 타고

* 들판에 불을 놓아 잡초를 태우는 일

165

남은 나무뿌리를 삽으로 파내고 밧줄을 걸어서 뽑아내는 거야. 그러고 보니 불을 붙이는 일은 늘 내 담당이었네.

상상이 돼? 껍질을 벗긴 나무가 얼마나 아름다운지. 나무가 쓰러질 때의 소리가 얼마나 큰지. 타오르는 불길이 얼마나 무서운지. 아무것도 남지 않은 듯 보이는 대지에서 얼마나 아름다운 싹이 트는지.

나는 그 사람에게 다시 한번 그걸 보여주고 싶었어."

하얀빛 속에서 새빨갛게 타오르는 불꽃을 본 듯한 기분이 들었다.

얼마나 시간이 흘렀을까. 목욕을 마친 아이처럼 멍하니 서서 닦아주는 대로 몸을 맡기고 있었다. 어렸을 때 이런 식으로 누군가가 몸을 닦아준 적이 있다. 부드러운 수건의 감촉에 그리움이 일었다.

"깜짝 놀랐잖아. 빗속을 뛰어다니니까."

익숙한 목소리가 귓가에 울렸다.

피부에 닿던 빗방울의 차가운 감촉을 멍하니 떠올렸다.

몸의 떨림이 멈추지 않는다. 그러고 보니 옷이 젖어있다. 머리카락에서 물방울이 떨어진다.

166

수건을 어깨에 걸친 채 안경을 벗어 티셔츠로 닦았다.
젖은 티셔츠로는 제대로 닦이지 않아서 다시 안경을 쓰니
물방울이 어려있었다.

붉은 모래를 박차다

1판 1쇄 발행 2023년 2월 7일

지은이 이시하라 넨
옮긴이 박정임
펴낸이 최용범

편집 최은빈, 예진수
디자인 김규림
관리 이영희
인쇄 ㈜다온피앤피

펴낸곳 페이퍼로드 paperroad
출판등록 제10-2427호(2002년 8월 7일)
주소 서울시 동작구 보라매로5가길 7 1322호

이메일 book@paperroad.net
페이스북 www.facebook.com/paperroadbook
전화 (02)326-0328
　 (02)335-0334

ˋ-92376-20-2 03830